KB195575

# 장수 고양이를 찾아서

# 장수 고양이를 찾아서

## 9묘 9인 인터뷰집

글 황효진 · 사진 정멜멜

고양이와 반려인이
서로를 돌보며 성장한
사랑의 역사

NUANCE

# 프롤로그

# 고양이와 반려인이 만드는

## 사랑의 역사

늘 고양이를 키우고 싶었다. 고양이에 관해 아무것도 모르면서 그저 고양이가 귀여워서였다. 20대 초반, 처음 집에 고양이를 데려왔을 때 나는 무척 놀랐다. 작은 몸에서 '그르릉 그르릉' 하는 낯선 소리가 갑자기 울려 퍼지기 시작한 것이다. 고양이한테서 이런 소리가 난다고? 이게 대체 뭐지? 혹시 폐가 안 좋은 건 아닐까? 마치 보일러가 돌아가는 듯한 소리를 들으며 고양이가 아플지도 모른다는 걱정에 가슴이 철렁 내려앉았다. 바로 병원에 가기는 어쩐지 무서워서 집요하게 인터넷 검색을 했다. 검색에 검색을 거듭한 뒤에야 그것이 '골골송'이라 불리며, 고양이가 기분 좋을 때 내는, 지극히 자연스러운 소리라는 사실을 알게 됐다. 그제야 마음이 놓였다. 따끈하고 보드라운 고양이의 옆구리에 귀를 딱 붙이고 한참이나 그 소리를 들었다.

고양이와 사는 시간은 몰랐던 것을 새롭게 배우는 일의 연속이었다. 우리 고양이는 낚싯대 장난감을 좋아한다, 우리 고양이는 장난감 놀이를 할 때 사냥하는 것처럼 납작 엎드려 엉덩이를 흔든다, 우리 고양이는 치약 냄새를 좋아해서 내가 양치질하며 가까이 다가가면 앞발로 강하게 칫솔을 끌어당긴다, 우리 고양이는 누워 있는 가족들의 머리카락을 핥는 것을 좋아한다, 우리 고양이는 더울 때 베란다 타일이나 현관 바닥에서 뒹구는 걸 좋아한다, 우리 고양이는 이불을 동굴처럼 만들어주면 그 안으로 쏙 들어가 눕는 걸 좋아한다, 우리 고양이는 잠이 올 때면 이불을 앞발로 긁으며 포근한 잠자리를 내놓을 것을 당당하게 요구한다, 우리 고양이는…….

＊ ＊ ＊

　고양이와 함께 산 지 햇수로 20년 가까이 되었다. 아파트 단지에서 나를 졸졸 따라왔던 삼색 고양이 순이는 우리 집 역사상 첫 번째 반려동물이 되어 엄마의 애정을 듬뿍 받으며 살다가 털이 조금씩 빠지고 몸이 점점 가벼워지더니 2024년 4월 스무 살의 나이로 세상을 떠났다. 고양이 같은 털 동물은 뜨끈하고 물컹해서 무섭다고, 그런 몸에 손이 닿는 느낌이 낯설어서 머리카락이 쭈뼛 서는 것만 같다던 엄마는 이제 고양이도 강아지도 잘 만지고 잘 안으며 잘 예뻐한다.

　1킬로그램도 안 되는 몸으로 밤새도록 원룸 안을 뛰어다니며 잠을 방해하던 천방지축 턱시도 고양이 보통이는 어느덧 열한 살의 의젓한 노령묘가 되어 나의 일상 패턴과 거의 완벽하게 동기화된 방식으로 생활하고 있다. 동네 부대찌개 집 뒷마당에서 태어나 겁먹은 표정으로 나에게 온 카오스 고양이 보리 역시 열 살이 되어 원하는 바를 소리 내 요구할 줄 아는 (그러나 여전히 겁은 많은 채로) 어른이 되었다.

　고양이들이 나이를 먹어가는 동안 나도 많이 달라졌다. 우리 고양이들이 내는 소리가 밥 달라는 건지, 놀아달라는 건지, 무릎에 올려달라는 건지 예전보다는 잘 구분할 수 있게 됐고, 고양이들이 토한 흔적을 아무렇지 않게 닦아낼 줄 알게 됐고, 유난히 발톱 깎기를 싫어하는 보리를 어르고 달래서 재빠르게 발톱 깎는 방법도 터득했으며, 길 위의 고양이들에게 예전보다

휠씬 더 마음을 쏟게 되었다.

그럼에도 내가 몰랐던 것이 있다. 예전처럼 많이 먹지 않고 활발하게 뛰어놀지도 않는 데다 부쩍 잠이 많아진 순이를 만나면서도, 예전보다 어리광을 는 것 같은 보통이를 마주하면서도, 캣타워에 올라갈 때 예전만큼 몸이 가뿐하지 않은 보리를 보면서도 그게 그들이 늙어가는 증거라는 건 알지 못했다. 정확히는 모른 척하고 싶었던 것 같다. 늙는다는 건 생의 마지막에 가까워지고 있다는 뜻이니까, 고양이와의 이별에 대해 별로 생각하고 싶지 않았다.

인간보다 더 빠른 속도로 노화하는 고양이의 모습은 내게 낯설고 당황스러운 것이기도 했다. 털이 듬성듬성해져서 피부가 약간 드러난 등, 닦아도 닦아도 눈에 끼는 눈곱, 단단해지는 발바닥 쿠션, 화장실까지 가지 못하고 이불이나 바닥에 해버리는 배변 실수 같은 나이 듦의 증거들을 애써 별거 아니라고 여겼다. 우리 고양이들은 언제나 귀여운 '아기'여야만 했다.

순이가 살날이 얼마 안 남은 것 같다는 말을 들었을 때, 나는 충격을 받았다. 아기 같은 우리 고양이가 어째서 벌써? 순이가 무지개다리를 건너고 나서야 고양이도 늙고 그러다 결국 우리 곁에서 영영 사라지게 된다는 깨달음이 불현듯 찾아왔다. 고양이와 나, 고양이와 우리가 같이 보내는 시간이 한정되어 있다는 깨달음도 함께였다. 너무나 당연한 사실을 뒤늦게 깨닫고는 너무 많이 슬펐다.

*** 

순이의 기력이 점점 떨어지고 있을 때쯤 뉘앙스의 김동연 대표로부터 장수 고양이 인터뷰집을 함께 만들어보고 싶다는 제안을 받았다. 제안 메일에는 이런 문장이 담겨 있었다. "고양이와 함께하는, 그리고 오랫동안 그 시간이 이어지기를 매일 생각하는 사람들에게 용기와 위로가 될 수 있는 책을 만들어보고 싶습니다." 거절할 수도, 거절할 이유도 없는 메일이었다. 그 뒤로 약 석 달에 걸쳐 노년기에 접어드는 나이인 11세 이상의 고양이들과 반려인들을 만났다.

11세부터 20세까지, 아직 아픈 곳이 없는 고양이도, 암 투병 중인 고양이도 있었다. 나이 든 고양이와 함께 사는 사람들에게 묻고 싶은 게 많았다. 고양이와는 언제, 어디서 처음 만났나요? 고양이와 나, 둘만 아는 습관이나 언어, 장난, 약속이 있을까요? 고양이가 다치거나 아팠던 시간을 어떻게 지나 보냈나요? 고양이의 장수 비결은 뭐라고 생각하나요? 고양이가 나이 들었다는 사실을 실감하는 순간은 언제인가요?

내가 그런 것처럼 모든 사람이 고양이와 처음 만난 순간을 생생하게 기억하고 아주 구체적으로 들려주었다. 자신만 아는 고양이의 사랑스러운 면모나 사소하지만 특별한 에피소드를 언급할 때는 저절로 이야기가 길어지기도 했다. 그리고 모두가 고양이의 나이 듦에 적응해가는 과정을 거쳤거나 거치고 있었고, 언젠가 찾아올 고양이와의 이별을 두려워하고 있었다. 두려워하면서도, 오히려 그렇기에 각자의 방식으로 고양이와 함께하는 시간에 최선을 다하는 듯 보였다. 고양이의 노화는 낯설고 이별은 무섭지만 결국은 어떻게든 감당하며 살아간다. 그 사실이 내게 위로가 되었다.

이 책은 전적으로 장수 고양이들과 그들의 반려인에 기대어 만들어졌다. 갑자기 찾아와 하루의 루틴을 헝클어뜨린 인간들을 너그럽게 참아준 니모, 마크니, 모모, 송언니, 순복이, 시타, 프란시스, 홍조에게 가장 큰 미안함과 고마움과 애정을 전하고 싶다. 아무래도 내가 직접 전하기는 어려울 테니 (고양이들이 나와 다시 만나기를 원하지 않을 수도 있고 말이다) 이 글을 읽은 반려인들이 꼭 대신 말해줬으면 한다. '장수 고양이 인터뷰집'이라는 설명만 듣고 흔쾌히 시간과 공간, 이야기를 내어준 반려인들에게도 깊이 감사드린다. 나이 든 고양이와의 삶을 한발 앞서 겪어본 그들의 고유한 고민과 경험, 슬픔과 기쁨이 다른 반려인들에게 유용하고 귀한 참조가 될 것을 믿는다.

우리가 고양이와 오래도록 함께 잘 살아갈 방법을 세심하게 알려준 김명철 수의사와 그의 반려묘에게도 고개 숙여 감사 인사를 보낸다. 마지막으로, 이 책을 기획하고 제안해준 김동연 대표와 언제나 응원과 칭찬으로 마감을 독려해준 최연진 편집자, 장수 고양이들 각자의 근엄함과 엉뚱함과 사랑스러움을 하나도 놓치지 않고 멋지게 담아준 정멜멜 작가, 이름하여 우리 '장수 고양이 팀'에게 사랑을 전한다.

\* \* \*

　페미니즘 이론가이자 생물학자, 문화비평가, 테크놀로지 역사가이며 강아지 '카옌'의 반려인 도나 해러웨이는 『해러웨이 선언문』(책세상, 2019)에 실린 '반려종 선언'에 이렇게 썼다. "우리(카옌과 해러웨이)는 불통에 가까운 대화로 서로를 훈련하는 중이다. 우리는 구성적으로 본바탕이 반려종이다. 우리는 서로를 살 속에 만들어 넣는다. 서로 너무 다르면서도 그렇기에 소중한 우리는, 사랑이라는 이름의 지저분한 발달성 감염을 살로 표현한다." 반려동물이 인간에게 일방적으로 속한 존재가 아니라 반려동물과 반려인이 동등한 종으로써 서로에게 영향을 끼치며 살아간다는 뜻이다.

　인터뷰를 하는 동안, 이것이 고양이에 관한 이야기만은 아니라는 사실을 알게 되었다. 이 책은 고양이와 함께 나이 들어가면서, 고양이와 시간과 공간을 공유하면서 우리가 어떤 사람이 되었는가에 관한 기록이기도 하다. 그래서 『장수 고양이를 찾아서』가 이곳에 실리지 않은 고양이와 반려인들의 이야기를 불러오는 책이었으면 한다. 고양이와의 삶을 통해 무엇이 달라졌는지, 고양이와 내가 서로를 어떻게 바꿔놨는지 더 많은 사람이 말해주기를 원한다. 이왕이면 더 크게, 자세히 들려줬으면 한다. 한 존재가 다른 존재로 인해 변하는 것은 곧 사랑이며, 사랑이야말로 아무리 들어도 질리지 않을 주제이기 때문이다.

# 차례

# '나 혼자'가 아닌 '우리'의 삶

# 13세

# 마크니와

# 신인아

신인아는 바쁘다. 그래픽 디자이너로 스튜디오 '오늘의풍경'을 운영하고, 디자이너 동료들과 '페미니스트 디자이너 소셜 클럽FDSC, Feminist Designer Social Club'이라는 커뮤니티를 꾸리고 있으며, 기후 위기나 동물권처럼 중요한 사회적 의제를 확산하는 캠페인에 참여한다. 내가 보기에 그는 홀로 잘 살고 싶어 하는 사람이 아니라 최선을 다해 다른 존재와 같이 잘 살아가고자 하는 사람이고, 바로 그런 태도가 그를 바쁘게 만든다.

올해로 13세가 된 반려묘 마크니는 신인아를 변하게 하고 배우게 만드는 존재다. 신인아는 마크니를 통해 고양이와 생활을 공유하는 방법을, 인간과는 다른 고양이의 소통 방식을, 무엇보다 사랑의 기술과 태도를 익혔다. '관계 지향적으로 생각하는 사람이 아니라는 것', 신인아가 스스로를 표현한 이 말과 달리 그는 이미 자신이 속한 세계에서 인간, 비인간 동물과 함께 다양한 관계를 맺고 서로 의존하며 살아가기도 한다는 사실을 잘 아는 듯 보였다. 아마 그에게 그 사실을 가장 가까이서, 오랫동안 알려주었을 마크니는 인터뷰가 진행되는 대부분의 시간 동안 신인아의 곁을 맴돌았다.

아침 9시에 외부인이 집에 오는 일은 거의 없죠? 마크니가 조금 긴장하고 있네요.

의외로 자주 있어요. 가스 점검도 9시쯤 오고, 세스코도 주로 이 시간에 오고요. 지금은 아마 낯선 사람 두 명이 한꺼번에 방문해서 그런 것 같아요.

그리고 이 사람들이 빨리 갈 것 같지도 않고.(웃음) 고양이들은 루틴이 중요하잖아요. 저희의 방문이 마크니의 루틴을 깨는 건 아닐까, 걱정이 있었어요.

마크니는 아침에 화장실을 다녀왔고, 밥도 먹었고, 이제 주방 창문에서 바깥을 구경하는 시간이긴 한데요, 아직 이쪽으로 오지는 않네요.

인아 님 팔에 있는 타투가 눈에 띄어요. 마크니를 그린 건가요?

네, 새긴 지 2년 정도 된 것 같아요. 이건 충동의 결과물인데요, X(구 트위터)에 음성으로 대화하는 '스페이스'라는 기능이 있잖아요. 거기서 이야기하고 있는데 타투이스트 한 분이 들어오신 거예요. 그분이 그린 도안을 구경하다가 고양이 그림이 있길래 "이걸 우리 고양이로 해주실 수 있나요?"라고 물었더니 된다고 하시더라고요. '마크니가 열 살이 되었으니 이제는 내 몸에 새길 때가 되었다' 싶어서 타투를 한 거예요.

마크니가 두 살쯤에 같이 살기 시작하셨으니, 열 살이면 함께한 기간이 꽤 오래 지난 시점이기도 하고요. 인아 님은 자기소개 첫 문장을 항상 '마크니의 반려인이다'로 쓰시더라고요. 특별한 계기나 이유가 있는지 궁금했어요.

자기소개를 그렇게 쓰기 시작한 건 3년 정도 됐어요. 제가 아니라 같이 일하는 동료가 처음 써준 건데, 저의 특성을 잘 반영해서 좋아하는 문장이에요. 디자이너들은 자기소개를 할 때 약간 일관된 방식이 있거든요. '베이스드 인 서울, 코리아'를 쓴다거나, 좀 엘리트주의적으로 쓰는 거죠. 일에 관해 이야기하다 보면 진지하고 공식적인 언어를 사용하게 되잖아요. 제가 그런 방식에 거부감을 느끼는 편이라 그걸 잘 아는 동료가 '마크니의 반려인'이라는 내용을 담아서 소개를 써줬어요. 그 뒤로 계속 쓰고 있는데, 저한테도 좋은 영향이 있어요. 제가 관계 지향적으로 생각하지 않는 편이라서 이 문장이 마크니와 저의 관계를 되새겨주는 게 좋아요.

예전에 마크니를 처음 만난 계기에 관해 쓰신 글을 봤어요.● 마크니의 사진을 보고 입에 있는 태극 무늬에 반해 함께 살기를 결정했지만, 실제로 가서 봤더니 너무 못생

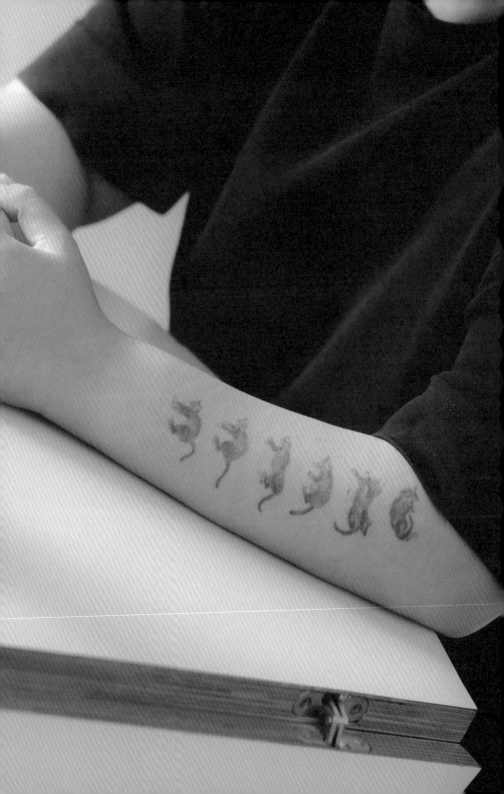

겨서 실망했다고 쓰셨죠.(웃음) 마크니와 처음 만난 날의
이야기를 조금 더 자세히 듣고 싶어요.

오랫동안 고양이를 키우고 싶었어요. 해외 생활을 오래 했
고 이사를 자주 하다 보니, 주거가 안정적이지 않아서 고양이
를 키울 수 없다는 게 늘 한이었거든요. 그러다가 한국에 와서
2~3년 지났을 때 '이제는 해외에 안 나가겠구나' 싶어서 그때
부터 네이버 카페 '고양이라서 다행이야'를 열심히 보기 시작
했어요. 그런데 막상 확 꽂히는 고양이가 없는 거예요. 그땐 또
카오스 무늬 아니면 벵갈 고양이를 키우고 싶어서 이리저리 알
아봤는데 벵갈 고양이를 보호하시던 분이 "벵갈은 엄청 활발하
고 운동량도 많고 힘이 세서 초보 반려인은 벵갈을 감당할 수
없다"라고 거절하시더라고요.

　그 뒤로는 카페에서 카오스 고양이들만 검색하다가 우연히
마크니 사진을 보게 됐어요. 제가 전혀 고려하지 않았던 턱시
도 무늬 고양이였죠. 입에 있는 태극 무늬가 너무 웃겼고, 나무
를 껴안고 머리를 비비는 모습이 엄청 귀여웠어요. 이 고양이
를 제가 입양하고 싶다고 연락한 뒤에 데리러 갔더니, '케어'라
는 단체에서 운영하는 보호 시설에 있더라고요. 거기에 마크니
를 포함해서 고양이 네다섯 마리가 있었어요. 너무 웃긴 게, 다
른 고양이들은 저한테 관심받고 싶은 것처럼 막 어필하는 듯이

● 「동물다운 동물의 이미지를 찾아서 - 1」, https://brunch.co.kr/@
sceneryoftoday/3

보이는데 마크니만 뚱하게 다른 곳을 쳐다보고 관심을 안 보였어요. 사진보다 못생긴 것 같기도 했고요. '얘를 데리고 가는 게 맞나?' 하고 한참 고민했어요. 그런데 제가 또 책임감이 큰 편이거든요. '여자가 한 말은 책임져야지' 하고는 "입양하겠습니다"라고 말하고 마크니를 집으로 데려왔어요.

그날 찍은 사진이 있는데요, 나중에 그 사진을 다시 보니 그때나 지금이나 마크니는 똑같이 생긴 거예요. '어디가 못생겼던 거지?' 이해가 잘 안되더라고요. 마크니는 그냥 그대로이고, 제가 마크니를 보는 눈이 달라진 거죠.

**이름은 왜 '마크니'가 된 건가요? 인도 커리 종류 중 하나인데……**

마크니를 임시보호하신 분이 지은 이름을 그대로 유지한 거예요. 이름이 여러 개 있는 것보다는 불리던 이름이 좋지 않나 싶었거든요. 커리 종류라는 사실은 그땐 몰랐어요.

**저는 처음 고양이와 살기 시작했을 때를 돌이켜보면, 고양이에 관해 아는 게 별로 없어서 이 존재에게 적응하는 데만 해도 꽤 애를 먹었거든요. 고양이도 마찬가지고요. 인아 님은 어떠셨어요? 서로 적응하는 기간이 필요하지는 않았나요?**

다행히 마크니는 낯선 공간에 가도 숨는 성격이 아니에요. 첫 날부터 '이 집이 내 집이구나' 하는 스타일이었어요. 그래서 '예민한 고양이와 초보 반려인의 만남' 같은 전형적인 에피소드는 없어요. 다만, 마크니를 돌보는 방식에는 적응이 필요한 시기가 있었어요. 마크니를 입양할 때 보호소에서 알려준 주의 사항이 있었거든요. 무조건 제한 급식을 해야 하고, 다른 고양이와 절대 만나면 안 된다고요. 마크니는 구조됐을 때 포대에 싸여 버려져 있었다고 하는데, 관련이 있을지도 모르겠어요.

**누가 의도적으로 버린 거군요.**

그렇죠. 마크니 몸에 공격당한 상처 같은 것들도 있었고요. 그런 이유로 처음에는 마크니가 불쌍해 보이는 거예요. '너는 이제 집고양이가 됐으니 먹고 싶은 것을 마음껏 먹고 누리며 살도록 하여라' 하고서는 원하는 대로 먹게 했어요. 마크니가 건강하게 살고 있다고 생각했죠. 그런데 어느 날부터 밥을 안 먹더라고요. 병원에 데려갔더니 방광염이 심하게 생겼대요. 제가 마크니를 마음껏 먹게 한 결과 한 달 만에 1킬로그램이 쪘고, 그 때문에 방광염이 온 거라서 제한 급식을 해야 한다고 하더라고요. 보호소에서 했던 이야기가 괜한 소리가 아니었다는 걸 그제야 알게 돼서 그때부터 방광염 예방 사료만 먹이기 시작했어요. 지금도 마크니의 몸무게를 유지하기 위해서 노력하고 있어요.

아, 그래서 급식기도 높은 곳에 있는 거네요.

네, 더불어서 항상 마크니가 활기차게 지낼 수 있도록 해주고
요. 뼈를 깎는 노력이 있었죠. 또 예전에 친구가 새끼 고양이를
저희 집에 데리고 온 적이 있어요. '별일 있겠어?' 싶었는데 마
크니가 걔를 죽일 듯이 대하더라고요. '다른 고양이와 절대 만
나면 안 된다'라는 말도 사실이었다는 걸 그때 깨달았어요. 다
른 친구들은 "마크니가 외로우니까 다른 고양이를 들여야 하지
않아?"라고 이야기하는데, 저는 그게 말도 안 된다는 걸 아는
거죠. 마크니는 천상 외동이에요.

**인아 님은 어떠세요? 혼자 지내던 공간을 다른 존재와 함
께 공유하는 거잖아요. 괜찮으셨나요?**

고양이가 제 공간에 들어와서 뭔가 크게 달라졌다는 건 솔직히
말하자면 거의 못 느꼈어요. 그냥 자연스럽게 잘 지냈어요. 다
만 이런 건 있어요. 마크니가 식탐이 진짜 많아요. 그리고 이상
하게 기름 같은 걸 좋아해요. 올리브유라든지 그런 거요. 예전
에는 제가 청소도 잘 안 하고 설거지도 3일에 한 번씩 하는 타
입이었거든요. 그런데 프라이팬에 기름이 남아 있으니까 마크
니가 가서 먹는 거예요. 재랑 살면서부터는 설거지도 그때그때
하고, 청소도 열심히 하게 됐어요. 저는 먼지 구덩이에서 굴러
도 괜찮지만 마크니가 구르는 건 안 돼요.

**그 외에 함께 생활하면서 마크니와 인아 님 사이에 생긴 약속이나 규칙 같은 것도 있을까요?**

약속이나 규칙은 제가 만들려고 하는 게 있고, 쟤(마크니)가 만들려고 하는 게 있어요. 저는 밥을 줄 때 "기다려!"를 훈련하려고 꾸준히 노력하고 있어요. 밥을 먹을 때 앉아서 기다리고 너무 성급하게 굴지 않도록, 교양 있는 고양이가 되도록(웃음) 교육하는 편이에요.

마크니는 아침에 제가 일어나지 않으면 저를 깨우는 방법을 알아요. 처음에는 일반적으로 인간들이 싫어하는 행동을 했거든요. 테이블 위에 있는 물건을 떨어뜨린다거나 하는 식으로요. 그럴 때 자는 척하면서 실눈으로 마크니를 봤더니 저를 똑바로 쳐다보고 있더라고요. '나를 깨우기 위한 목적이 뚜렷하구나'라고 생각하면서 거기에 길들지 않으려고 꾹 참고 모른 척했어요. 이제는 집 화분에 있는 야자 잎을 먹습니다. 마크니가 야자 잎을 먹으면 제가 "안 돼!" 하면서 바로 침대에서 일어나죠.

또…… 밤에는 자야 해요. 예전에 제가 게임에 푹 빠져서 3일 연속 밤을 새운 적이 있거든요. 그랬더니 새벽 5시쯤 되니까 마크니가 옆에 와서 엄청나게 치근대는 거예요. 고양이 번역기로 마크니 울음소리를 번역해봤더니 "나와 함께 쉬자"라고 말하는 거더라고요. 마크니가 제게 어느 정도의 루틴을 지켜주기를 바란다는 걸 알게 됐어요.

**마크니와 함께 살다가 지금 집으로 이사하셨잖아요. 마크니를 위한 요소를 공간에 더 넣어야겠다는 생각이 있으셨나요? 둘러보면 고양이가 밟고 올라갈 만한 가구 같은 것이 많이 보여요.**

이 집은 천장이 엄청 높고, 직사각형으로 빠지는 모서리 여유 공간이 없어서 캣타워를 설치할 만한 자리가 안 나와요. 그래서 최대한 마크니가 올라갈 수 있는 계단이 될 만한 곳을 많이 만들려고 노력했어요. 저기 보이는 가구도 제가 그림을 그려서 목수분께 만들어 달라고 부탁한 건데, '구멍을 뚫어놓으면 마크니가 저기서 나를 보고 있지 않을까?' 싶었지만 잘 들어가지는 않아요. 이 집에 처음 올 때부터 고양이의 활동 루트와 루틴을 고려했다기보다는 하나씩 채워온 것 같네요.

그리고 저 바나나 박스는 얼마 전부터 저기에 자리를 잡았어요. 매우 잘 활용하고 있습니다.

**마크니가 좋아하는 장난감이군요.**

지금은 바나나 박스밖에 없는데요, 좋아하는 장난감이 계속 바뀌는 편이에요. 그래서 장난감도 정말 많은데 3년에 한 번씩 다른 것들을 꺼내주면 좋아해요. 있었는지 몰랐던 걸 꺼내줘야 한달까요. 조금 웃긴 건, 저 노란 빈백을 산 지 되게 오래됐거든요. '이제 저건 버려야지'라고 생각하는 순간부터 마크니가 빈백을 쓰기 시작한 거예요. 입 밖으로 소리 내서 말한 게 아니고 생각만 했는데도요. 갑자기 저를 쳐다보면서 빈백에 올라가더니 그날부터 저곳을 잠자리 삼더라고요. 되게 웃겨요. 아침에 보면 늘 저기 있어요.

**마크니가 집에 온 지 11년째라고 하셨어요. 지금 마크니가 열세 살 정도인데, 나이 들었다는 걸 실감할 때가 있으세요?**

가끔 점프력이 달려서 원래 잘 올라가던 곳에 못 올라갈 때가 있어요. 그러면 의기소침해하는 게 보여요. 3일 정도는 다시 시도하지 않아요. 그럴 때 조금 안쓰러워요. '님도 이제 나이가 들었군요' 싶죠. 열 살 무렵부터 2년에 한 번씩 병원에서 건강검진을 하고 있는데, 다행히 특별한 노화 증상은 아직 나오지 않았어요. 그 밖에는 잠자는 시간이 엄청나게 늘었다는 데서 마크니의 나이를 실감해요.

**건강검진 외에, 마크니의 노년을 맞이하여 각별히 신경 쓰는 점은 뭘까요?**

매일매일 체크를 해서 조그만 변화라도 빨리 알아차리려고 노력해요. 여기저기를 만져보는 건데, 가끔 스트레스를 받으면 땜빵이 생기는 것 같더라고요. 원형 탈모가 오나 봐요. 그리고

가끔 어디선가 상처가 나서 오거든요. 어딜 긁거나 하지는 않는지 보고, 예전에 방광염을 앓기도 했으니까 아침마다 화장실을 청소하면서 쉬야를 봤는지, 응가를 했는지, 쉬야와 응가의 양은 일정한지 등을 체크해요. 조금만 이상하면 병원에 전화하고요. 예를 들어 마크니가 밥을 잘 못 먹는 것 같으면 바로 병원에 전화해서 "저희 고양이가 밥을 좀 시원찮게 먹는데 괜찮을까요?" 물어보는 거죠. 병원에서 "고양이는 원래 조금 그래요" 해도 "저희 고양이는 안 그래요. 무슨 일일까요? 병원에 가야 할까요?" 이러고.

**마크니는 병원에 순순히 잘 가는 편인가요?**

제가 참 즐겨 보는 마크니의 모습인데요, 한껏 화가 나 있지만 가만히 있긴 해요. 검사를 할 때 굉장히 열받아 하면서도 손(앞발)을 순순히 내밀어요. 초음파를 할 때는 너무 반항이 심한 편이라서 2년 전만 해도 전신 마취를 해야 했는데, 나이가 들수록 마취가 몸에 안 좋으니까 저번에는 부분 마취만 하고 검사를 진행하기도 했어요. 마크니도 병원에 조금씩 익숙해지는 것 같긴 하지만 병원에 가면 열받아 하는 건 고양이들의 특징이니까요.(웃음)

**어릴 때와 비교해서 생활 습관이나 성격에 달라진 부분이 있는지 궁금해요.**

아주 감동적인 이야기가 하나 있죠. 마크니가 처음 구조됐을 때 포대에 싸인 채로 버려졌다고 했잖아요. 그래서인지 봉지나 상자 같은 데 잘 들어가지 않았어요. 이불 속에 들어오지도 않았고요. 제가 꽉 껴안으면 굉장히 답답해하는 게 약간 그때의 공포를 떠올리는 것 같기도 하더라고요. 그런데 몇 년 전부터 마크니가 봉지에 들어가서 놀기 시작했어요. 너무 뿌듯한 거예요. 이제 이곳이 안전하다는 걸 아는 거니까요.

또 하나 달라진 점이 있는데요, 마크니는 예전에 좀 더 외향적인 성격의 고양이었어요.

**어떤 부분에서 그렇게 느끼셨나요?**

예전에는 친구들이 집에 놀러 오면 자신의 남성성을 과시하는 모습을 자주 보여줬거든요. 우렁차게 울면서 뛰어다닌다거나 하는 식으로 어필하는 경향이 있었죠. 요즘에는 친구들이 떼거리로 오면 자신만의 공간에 가서 가만히 앉아 있어요. 지난번에는 마크니와 2주 정도 함께 살았던 친구가 왔는데, "너를 위한 춤을 바칠게"라고 하면서 마크니를 향해 춤을 춰주더라고요. 그랬더니 마크니가 그 춤을 뒤로 한 채 현관문을 바라보면서 앉아 있는 거예요. 그걸 보고 제가 친구한테 말했죠. "너 나가래."

**사람도 MBTI가 변한다고 하는데, 마크니도 성향이 바뀐**

느낌이네요.

그렇죠. 앞자리가 'E'에서 'I'로 변한 느낌이에요. 예전에는 사무실에도 데리고 갔거든요. 요즘에는 내향적으로 바뀐 걸 보고 새로 이사한 사무실에 한 번도 데리고 가지 않았어요. 이제는 변화를 별로 좋아하지 않는 것 같아요.

인아 님이 스스로 변했다고 느끼는 점은 뭔가요?

제가 규칙적인 삶을 살고 있다는 걸 믿을 수 없어요. 충동 100퍼센트로 이루어진 인간인데 규칙적으로 살아가고 있는 건 우리 고양이 덕분이 아닐까 생각해요. 가령 여행을 갈 때도 생각을 좀 해야 하죠. 마크니가 며칠을 혼자 있을 수 있을까, 아니면 누가 와서 봐줄 수 있을까 다 고려해야 하잖아요. 계획형이 되어야 하는 거예요. 갑자기 '강릉으로 떠나볼까?' 이럴 수는 없는 거죠.

'동물권행동 카라'의 동물 출연 미디어 가이드라인● 책자를 작업하셨잖아요. 작업 후기에서 마크니와 같이 살면서 귀여운 동물 사진을 다시 보기 시작했다고 말씀하신 걸 읽었어요.

● 『어떠한 동물도 해를 입지 않았습니다: 동물 출연 미디어 가이드라인』(동물권행동 카라, 2020), https://www.ekara.org/report/ekara/read/13679

앞서 이야기했듯, 저도 고양이 외모 지상주의자였잖아요. 마크니를 데리고 오기 전까지만 해도 고양이를 약간 인테리어 소품처럼 여겼어요. '우리 집에 어울리는 고양이 털 무늬는 뭐지?' 이런 생각을 했던 것 같아요. 마크니와 함께 살면서 그런 생각들이 깨졌고요.

카라의 미디어 가이드라인에는 영화나 드라마뿐만 아니라 SNS에 올라오는 짧은 사진 혹은 영상도 포함되거든요. 그런데 작업 의뢰를 받고 이야기를 들어보니 미디어에는 인형처럼 귀여운 동물들의 이미지 아니면 학대당하고 있는 이미지밖에 없다는 거예요. 돌이켜보니 제가 귀엽다고 '좋아요'를 눌렀던 이미지들도 동물을 대상화한 거였어요. 동물이 학대당하고 있는 모습은 보기 싫으니까 아예 쳐다보지도 않았고요. 미디어에 드러나는 동물의 이미지가 편향되었다는 사실을 느꼈죠.

그때 반려동물의 망한 사진을 SNS에 올리는 게 유행이었는데요, 저는 그게 제일 자연스러운 모습이 아닌가 싶은 거예요. 그 사진들을 카라에 예시로 보여주면서 이걸로 디자인하면 좋겠다고 이야기했어요. '#망안한사진대회'라고 해시태그를 달아서 자연스러운 반려동물 사진들을 응모받았고, 작업할 때 그 해시태그를 달고 올려주신 이미지들만 썼어요. 그중 제가 좋아하는 사진은 고양이가 뒷다리를 들고 그루밍을 하는 모습인데요, 고양이 뒤에 달마 그림이 있거든요. 그 그림과 고양이의 분위기가 너무 비슷해서 재미있어요.

'#망안한사진대회' 해시태그를 눌러서 그 사진을 꼭 찾아봐야겠어요. 동물들이 귀여운 이미지로만 대상화되는 건 경계해야 할 일이지만, 마크니의 반려인으로서 인아 님만 아는 마크니의 사랑스러움이나 귀여운 순간들이 있을 것 같아요.

너무 귀엽죠. 특히 저와 소통이 된다는 점이요. 마크니는 굉장히 다양한 방식의 소통을 시도하기 때문에 '야옹'에도 여러 버전이 있어요. 자동 급식기에 밥이 없으면 아침에 일어난 저를 보면서 '야옹' 소리를 낼 듯이 입을 벌리지만 소리가 차마 나오지 않아요. '내가 지금 너무 배고프다, 소리도 안 나올 정도다' 이런 연기를 하는 거죠.

가끔 마크니가 안 보이면 제가 연기를 하기도 해요. "마크니가 어디 있지?" 이러면 어디선가 의기양양하게 '불렀어?'라는 느낌으로 나와요. 그 부분도 좋아요. 또 마크니가 식탐이 많거든요. 한번은 제가 집에 딱 도착했는데 마침 자동 급식기에서 밥이 나오는 순간이었어요. 마크니가 제가 오는 소리를 듣고 현관 앞까지 나왔다가 저를 딱 보고, 동시에 자동 급식기 소리를 들으면서 고민하더라고요. '어떡하지?'라고 생각하는 게 보였어요. 그런데 결국 저를 선택했어요. 저한테 먼저 인사하고 밥 먹으러 가더라고요. 그때 '우리 사이가 이 정도였어?' 하면서 감동했죠.

인아 님은 마크니가 없다면 1인 가구잖아요. 내가 평생을 책임져야 하는 존재가 있다는 것, 그리고 어떤 면에서는 그 존재가 나보다 취약하다는 것에 대해 어떻게 느끼시나요?

마크니를 입양하기 전에 '내가 10년 이상 얘랑 살 수 있나?'를 가장 많이 고민했고, 막상 함께 살기 시작한 뒤로는 그런 생각을 별로 안 하는 것 같아요. 다만 마크니가 나이 들어가고 있으니 드문드문 그 생각은 해요. '얘가 없어지면 어떡하지?' 너무 슬픈 생각이니까 자주 하지는 않지만요. 반려묘를 먼저 보낸 친구들은 장례식장을 알아놓으라고 하더라고요. 뒤로 미루지 말고 알아보긴 해야 하는데, 장례식장을 알아보는 것 자체가 인정하기 싫은 현실을 직면하는 일인 것 같아서 자꾸 미루게 돼요. (현관에 있는 마크니를 보며) 갑자기 또 발냄새에 꽂혔구나.

**마크니가 신발 하나하나의 냄새를 다 맡아보고 있네요.**

가끔 저러다가 신발과 사랑할 때가 있어요. 아, 멜멜 님 신발과 사랑하기 시작했네요. 아무튼, 마크니를 책임져야 한다는 건 저를 늘어지지 않게 하는 큰 동력이에요. 그리고 그럴 때가 있어요. SNS를 하거나 일에 몰입하거나 모니터를 쳐다보고 있을 때는 내가 현실 세계에 살고 있다는 자각이 안 들 때가 있거든요. 그러다 마크니가 움직이는 걸 볼 때, 마크니를 만질 때, 내가 현실에 있다는 사실을 깨달아요.

그걸 좀 크게 느꼈을 때가 세월호 참사 때였어요. 배가 반쯤 잠긴 화면이 이틀 정도 뉴스에 계속 나오더라고요. 그 화면을 보면서 세상이 그 상태에서 멈춘 것 같은 느낌을 받았는데, 마크니가 옥탑방 앞마당에서 노는 모습을 보는 게 저한테 도움이 많이 됐어요. '이상하다, 이것도 현실인데 동시에 저런 일도 일어나고 있고, 이걸 어떻게 생각해야 하지?' 싶었어요. 마크니를 보고 있는 건 너무 평화로운데 이래도 되는 건가, 그렇지만 일단 이곳은 괜찮아, 하는 이상한 기분이 들었던 것 같아요.

**마크니와 같이 있을 때는 보통 어떻게 시간을 보내세요?**

하루에 총합 10분 정도는 제가 쟤를 괴롭히는 데 써요. 쓰다듬고, 사랑한다고 하고, 뽀뽀하고, 뱃살을 만지는 거죠. 나머지는 각자의 시간을 보내는 것 같아요. 제가 뭔가를 하고 있으면 마크니가 옆에 와서 앉을 때도 있는데, 좀 특이하다고 생각하는 건 제가 샤워할 때 꼭 옆에 와서 있더라고요. 제가 가끔 샤워 커튼을 제대로 닫지 않아서 마크니에게 물이 튀기도 하거든요. 그럴 때 '싫지 않을까?' 생각하지만 마크니는 묵묵히 맞고 있어요. 마치 영화 〈은행나무 침대〉의 황장군(신현준)처럼요. 그러고서는 제가 샤워를 마치고 밖으로 나오면 젖은 다리에 머리랑 몸을 막 비비거든요. 그건 뭘까? 사랑이겠죠, 사랑.

**마크니가 본인 목욕은 좋아하는 편인가요?**

세월이 지나면서 점점 포기했어요. '이것 또한 지나가리라' 하는 식이죠. 처음 목욕했을 때는 극한의 공포에 질려서 오줌을 쌀 정도였어요. 하지만 이제는 훈련 끝에 체념하고 목욕을 받아들이고 있어요.

나이가 든다는 게 좋은 점이 있군요. 마크니의 장수 비결은 뭐라고 생각하세요?

아무래도 저랑 살기 때문이 아닐까요?(웃음) 이렇게 말하면 안 되니까 메모를 좀 해봤는데요. 규칙적인 식생활과 배변 생활, 그리고 적절한 운동, 스트레스를 받으면 바로 그루밍과 스크래칭으로 해소하는 현명함, 멍때림의 미학을 아는 점, 자신이 목표로 한 것에 끊임없이 도전하는 정신. 여기서 도전 정신이란, 자동 급식기에서 항상 특정한 시간에만 밥이 나온다는 걸 알면서도 끊임없이 급식기를 긁거나 입구에 발을 넣어보는 등 밥을 먹기 위해 노력하는 걸 말하는 거예요. 이 정도가 장수 비결인 것 같아요. 물도 정말 많이 마시고요.

마크니의 생활 습관을 보면서 인아 님이 많이 배우시겠어요.

저도 저렇게 살아야죠.

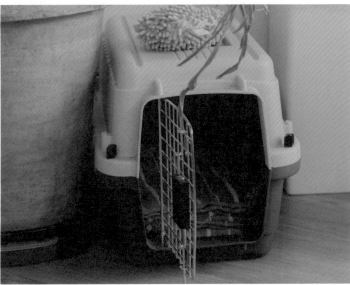

# 고양이 목숨은
# 아홉 개라는 말

# 17세

## 홍조와

## 민정원

인스타그램 '홍조일기@cathongzo'의 카테고리 분류는 '사람', 프로필 소개는 '샴 + 코숏 2007년 7월생 할배 고양이'다. 민정원 작가는 2016년부터 이 계정에 반려묘 홍조와의 일상 이야기를 만화와 사진으로 꾸준히 전하고 있으며, 그동안 『홍조일기』(야옹서가, 2017) 『1인 1묘 살림일지』(경향비피, 2020) 『홍조는 묘르신』(야옹서가, 2022) 『이번 생은 술꾼입니다』(경향비피, 2021) 등의 책을 펴냈다.

　홍조는 열 살에서 열일곱 살이 되는 동안 신부전과 췌장염을 앓았고, 2024년 3월에는 암 판정을 받았다. 그래서 '홍조일기'를 보다 보면 자연스럽게 알게 된다. 고양이와의 일상에는 노화와 질병도 함께하는 것임을, 기쁨과 행복과 즐거움뿐 아니라 슬픔과 좌절과 안타까움도 있음을, 그렇지만 고양이와 함께하는 시간은 반드시 반려인을 더 나은 사람으로 만든다는 사실을 말이다.

　"고려해주셔야 할 부분은 현재까지는 홍조의 컨디션이 몹시 좋은 편이나, 암의 진행 속도가 급격히 빨라질 가능성을 완전히 배제할 수는 없다는 점입니다. 그러므로 인터뷰 일정이 너무 늦어지지 않는 편이 좋겠습니다." 민정원 작가에게 인터뷰 요청 메일을 보내고 얼마 뒤, 이런 답장이 돌아왔다. 마음이 조급해졌다. 가능한 날짜 중 최대한 빠른 일정으로 인터뷰를 잡아놓고 홍조와 민정원 작가를 만나기 직전까지도 걱정을 내려놓을 수 없었다. 긴장하며 초인종을 누르고 민정원 작가의 집에 들어서자, 캣타워 위에 편안하게 누워 있던 홍조가 어리둥절한 표정으로 우리를 맞이했다. 홍조의 매일이 이렇게 평온하기를 바라며 '고양이 목숨은 아홉 개'라는 속담을 떠올렸다.

메일로 인터뷰 일정을 논의할 때, 홍조 컨디션이 언제 다시 나빠질지 모르니 되도록 빨리 진행하고 싶다고 하셨어요. 요즘 홍조 컨디션은 어떤가요?

기적이 아닐까 싶을 정도로 괜찮아요. 엄청 잘 뛰어다니면서 놀고 예상보다 훨씬 잘 지내주고 있어요. 홍조가 앓는 '선암'은 굉장히 공격적인 종류라고 들어서, 진단을 받았을 때는 몇 개월 안 남았을 수도 있겠다고 생각했거든요. 예상보다 암이 더디게 진행되고 있대요.

너무 다행이네요. 선암은 정확히 어떤 암인가요?

몸에 있는 샘 조직에 생기는 암이래요. 제가 알기로 아주 드물게 침샘에 생기고, 뭔가를 분비하는 샘이 있는 곳이라면 위, 폐, 대장 어디든 발생할 수 있다고 하더라고요. 홍조의 원발암은 미상이고, 입 안으로 전이된 종양만 보이는 상태예요. 동물병원에서 말하길 구강에 나타나는 선암은 케이스를 찾아보기가 어렵다고 해요. 아마 구강 선암이라는 게 존재하는지도 모르는 상태로 무지개다리를 건너는 고양이들도 있지 않을까 싶어요.

작가님은 홍조의 암을 어떻게 발견하게 되셨어요?

홍조가 제 앞에서 하품을 엄청 편하게 해요. 입천장까지 다 보

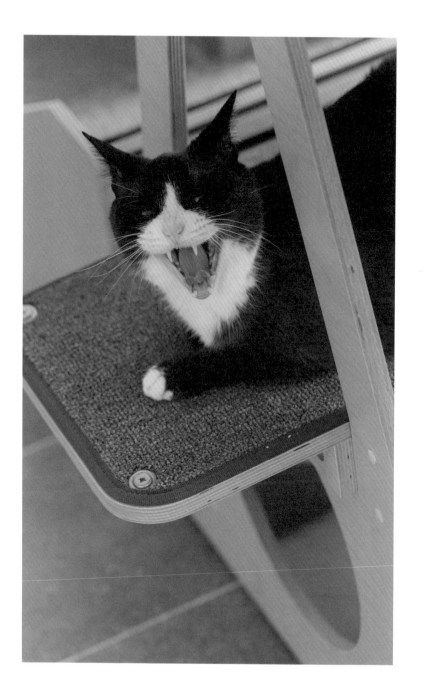

여주면서요. 어느 날 입천장에 조그만 궤양 같은 구멍이 보이는 거예요. '저게 뭐지?' 하고 두 달 정도 지켜봤는데, 없어지지 않더라고요. 걱정돼서 동물병원 수의사 선생님께 상담을 드렸더니 스테로이드 약을 한번 써보자고 하셨어요. 보통의 염증이라면 그 약을 썼을 때 사라지는 경우가 많대요. 그래서 열흘 정도를 써봤는데 궤양에 아예 변화가 없었어요.

보통 종양은 덩어리라고 생각하는데, 홍조의 경우에는 궤양이 안쪽으로 좀 패어 있었거든요. 그래서 수의사 선생님과 저 둘 다 "종양은 아닌 것 같은데" 하면서 조직 검사를 하기까지 6개월 정도를 관찰하고 있었던 거죠.

사실 선암은 공격성도 강하고, 항암도 잘 듣지 않아서 예후가 나쁜 편에 속해요. 선암을 앓는 고양이들이 6개월 이상 생존하는 경우가 거의 없는 것 같던데 홍조는 그렇지 않으니까, 솔직히 지금도 '이게 대체 무슨 병일까? 미스터리하다' 그런 생각을 하고 있어요.

> **홍조는 췌장염도 있고, 어릴 때부터 신부전도 앓았잖아요. 그래서 작가님이 홍조의 상태를 더 면밀하게 관찰하고 계셔서 선암도 발견할 수 있지 않았나 싶어요.**

맞아요. 원래 보호자의 촉진이나, 보호자가 육안으로 보는 게 반려동물의 상태를 가장 빠르게 확인할 수 있다고 해요. 우스갯소리로, 호들갑 떠는 보호자랑 엄살 심한 반려동물이 만나면

최상의 조합이라고 하더라고요. 확실히 제가 호들갑을 떠는 편이에요. 홍조를 봤는데 살이 좀 빠졌다 싶으면 '큰일 났다' 이러거든요. 그래서 암도 미리 발견할 수 있지 않았나 싶어요.

어떻게 보면 작가님의 성향이 홍조의 장수 비결이기도 하군요.

뭔가 이상한 점을 그냥 지나치지 않는, 호들갑 떠는 집사를 둔 게 홍조의 장수 비결이라고 할 수 있겠죠.(웃음) 제가 홍조의 변화를 기민하게 알아챈 게 중요한 것 같아요.

홍조는 엄살을 부리는 편인가요?

그렇지 않아요. 고양이들이 아픈 티를 잘 안 내잖아요. 홍조도 그래요. 아프면 저에게 정확하게 표현해주면 좋겠는데 그렇지 않아서 걱정이 좀 있죠.

보통 홍조의 상태가 안 좋다는 걸 어떻게 눈치채는 편이세요? 예를 들면 평소보다 잠을 많이 잔다거나 하는 증상 같은 것이 있을 텐데요.

평소보다 너무 많이 잘 때도 그렇고, 확실히 속이 안 좋은 건 빨리 눈치채는 편이에요. 홍조가 속이 안 좋을 때 짓는 표정이 있

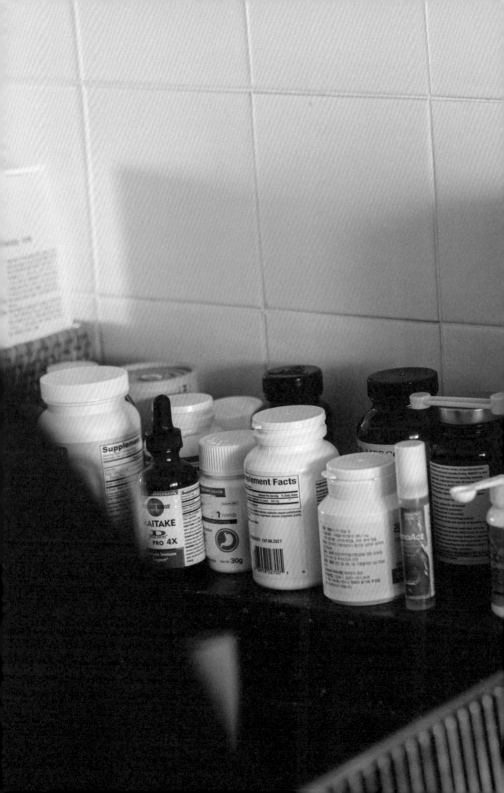

거든요. 그럴 때 위장 보조제 같은 걸 주면 금방 괜찮아져요. 둘이 지내면서 둘만 알 수 있는 신호들은 좀 생긴 것 같네요.

**홍조는 지금 어떤 약을 먹고 있나요?**

이번에 선암 진단을 받으면서 산 보조제들이 있어요. (부엌 한쪽에 가득한 약통들을 보여주며) 이거 전부 다예요. 이게 결국에는 다 쓸 수 없는 양이잖아요. 고양이 몸집이 작으니까 복용 가능한 용량 문제도 있을 거고요. 약을 막 사들여서 이것도 먹여보고 저것도 먹여보고 했다가, 지금은 이 중에 다섯 가지 정도만 줘요. 매일매일 상태를 체크해서 그날 조금 더 필요할 것 같은 보조제를 추가해서 섞어 주고요.

**작가님은 홍조 약 먹이기의 달인이 되셨을 것 같아요. 아까 보니까 홍조도 아무렇지 않게 약을 받아먹고 다시 제 갈 길을 가더라고요.(웃음)**

처음에는 약 먹이는 걸 진짜 못하겠더라고요. 어떻게 고양이 입을 열고 약을 쑤셔 넣지?(웃음) 너무 어려웠어요. 아픈 고양이를 돌보는 반려인이 모여 있는 네이버 카페에 글을 읽으러 종종 들어가는데요. 다들 약 먹이는 거랑 피하수액 맞히는 걸 너무 힘들어하시더라고요. 그걸 보면서 '나도 저랬지, 저런 때가 있었지' 하고 생각할 때가 있어요.

피하수액도 매일 맞고 있나요?

이것도 컨디션에 따라 다른데요, 기본적으로 이틀에 한 번씩
은 놓고 있어요. 갑자기 구토를 하면 한 번씩 또 놔주고요. 신장
이 안 좋은 친구들은 탈수가 오면 신장에 무리가 간다고 해요.
수의사 선생님께서도 혹시 홍조가 토하면 피하수액을 한 대 더
놔주라고 하셔서 그렇게 하고 있어요.

작가님은 회사에 소속되지 않은 채 프리랜서로 일하시잖
아요. 재택근무를 기본으로 하셔서 좀 더 순발력 있는 돌
봄이 가능할 것 같기도 해요.

그게 엄청 크다고 생각해요. 진짜 행운이에요. 제가 이렇게 삶
을 영위할 수 없었다면 홍조의 상태가 훨씬 더 빨리 안 좋아졌
을지도 모르겠어요.

프리랜서라는 일의 형태를 선택하신 것도 홍조와 관련이
있을까요?

그렇지는 않고요. '취직을 해야 하나?' 싶을 때마다 연재 제안
이 조금씩 들어오면서 이 방식으로 계속 일하게 됐어요. 홍조
와 살기 시작한 게 2011년이었는데, 2016년부터는 인스타그램
계정을 개설해서 홍조에 관한 만화를 그리기 시작했고요.

홍조와 작가님의 첫 만남도 궁금해요. 어디서 어떻게 만나셨나요?

네이버 카페를 통해 입양했어요. 원래 부모님과 함께 살 때도 반려동물이 있어서 동물과 같이하는 생활에는 익숙했고요. 제가 부모님 댁에서 독립하면서 '이제 나도 평생 함께할 나만의 고양이를 찾고 싶다'라고 생각한 거죠.

　그때쯤부터 '펫숍'에서 반려동물을 입양하면 안 되겠다고 생각했어요. 왜냐하면 부모님 댁에서 같이 살았던 첫째, 둘째 고양이가 가정 분양인 것처럼 홍보하는 개인 브리더에게서 데려온 애들이었거든요. 해외에서 한두 마리씩 항공편으로 들여오는 것 같더라고요. 그 과정이 힘들었는지 둘째 고양이는 엄청 아프기도 했어요. 그런 일들을 겪으면서 품종묘를 이런 식으로 데려오면 안 되겠다는 생각을 많이 했어요.

　그러다가 길에서 구조한 고양이를 입양 보내는 게시판에서 홍조를 발견한 거예요. 귀여운 아기 고양이가 넘쳐나는 게시판에서 다섯 살짜리 고양이를 입양 보내겠다는데, 어렵지 않을까 싶었죠. 그런데 외모가 너무 끌렸어요. 심지어 홍조는 당시 대구에 있었고 저는 서울에 살고 있었는데, 대구까지 가서라도 꼭 데려와야겠다는 생각이 드는 거예요. 그때 제가 대학교 2학년이었는데 어머니랑 의논한 끝에 함께 홍조를 데리러 갔어요.

**처음 홍조와 같이 살기 시작했을 때 어떠셨나요? 서로 잘 적응했나요?**

홍조는 적응을 잘했어요. 첫날부터 집에 드러누웠죠. 오히려 제가 적응을 못했는데, 부모님 댁에 있던 고양이들은 엄청 조용했거든요. 그런데 홍조가 하루 종일 말을 하는 거예요. 반려동물을 안 키우다가 처음으로 함께 살게 된 반려인 중에 없었던 소음과 없었던 존재감에 적응하기 어려워하는 분들이 있다고 들었어요.

저는 부모님 댁에서 반려동물들과 지냈음에도 불구하고 소음은 못 느끼고 살았다는 걸 그제야 깨달았어요. '이거 큰일 났다, 생각보다 너무 스트레스를 받는다' 하는 위기가 있었어요. 그런데 어머니가 "너 딱 한 달만 기다려봐"라고 말씀하시더라고요. 제가 혼자 살다 보니까 고양이가 있는 상태에 적응을 못한다고 생각하신 것 같아요.

거짓말처럼 한 달도 아니고 일주일쯤 지나니까 적응이 되더라고요.

**그렇게 가족이 되어 2016년부터는 인스타그램 계정을 만드신 거군요. 홍조와 함께 산 지 5년쯤 되었을 때 홍조 이야기를 기록하기 시작하신 건데, 계기가 있었나요?**

2016년은 홍조가 열 살이 되는 해였어요. 이제 완전히 노령묘

반열에 들게 됐다고 생각하니까 시간이 지나가는 게 너무 아쉬운 거예요. 어딘가에 홍조 이야기를 기록해둬야겠다는 생각으로 계정을 만들게 됐어요. 2016년부터 시작했으니까 어느덧 8년이 지난 건데, 어떤 고양이의 삶을 계속 지켜봐주는 분들이 계신다는 게 신기해요.

2024년 3월에 홍조가 선암 판정을 받고 나서, 인스타그램에 그 사실을 알리는 글을 굉장히 조심스럽게 올리셨어요. 그때 홍조를 계속 지켜봤던 분들이 응원 메시지를 많이 남겨주신 것 같더라고요. 어떤 이야기가 작가님께 가장 힘이 됐나요?

본인의 경험을 나눠주신 분들이 너무 용감하다고, 너무 대단하다고 생각했어요. 막 떠나보낸 고양이들, 암을 겪은 고양이들의 이야기를 해주시는 게 특히 감사하더라고요. 꺼내기 어려운 기억일 텐데 저를 위로하려고 이야기해주시는 거잖아요. 그게 진짜 힘이 많이 됐어요.

댓글을 하나 쓴다는 게 생각보다 에너지를 많이 소모하는 일이기도 하잖아요. 저는 그런 걸 진짜 안 하는 사람이거든요. 공개된 장소에 자기 의견을 남긴다는 건 어려운 일인데, 저랑 홍조를 위로하려고 하나씩 댓글을 써주시는 것 자체가 정말 감사하죠.

사실 이 질문에서 민정원 작가는 어렵게 입을 열었다. 한참 말을 고르다 눈물을 흘리기도 했다. 인터뷰가 2024년 6월에 진행됐으니 홍조의 선암 판정 이후로는 고작 3개월밖에 지나지 않은 시점이었다. 반려묘의 질병을 받아들이고 어떻게 대처할지 적극적으로 고민하는 것과 그 사실을 계속 슬퍼하는 것은 동시에 일어날 수 있다. 반려묘에게 적합한 돌봄을 이성적으로 판단하고 실행하면서, 도저히 매끈하게 정리되지 않는 감정을 품고 지낼 수도 있는 것이다. 그리고 그런 생활이 얼마나 오랫동안 지속되는지는 사람마다 다르고, 정해져 있지도 않으며, 누구도 예측할 수 없다. 나는 조금 섣부른 질문을 던진 걸 후회하며 마저 하려던 질문을 건너뛰고 다른 이야기를 이어갔다.

작가님이 쓰고 그리신 책『홍조는 묘르신』을 보니까 예전에는 홍조를 부모님 댁에 맡기고 여행도 다니셨더라고요. 최근에는 아무래도 그런 생활이 어려우실 것 같은데, 어떠세요?

거의 불가능해요. 안 그래도 홍조가 암인 걸 전혀 예상하지 못했던 지난 2월에, 2박 3일 일정으로 도쿄행 비행기표를 사놨어요. 3월에 암이라는 사실을 알게 되고 '진짜 큰일 났다' 하는 상태였는데 또 지내다 보니까 생각보다 홍조 컨디션이 괜찮아서 그냥 예정대로 가게 됐거든요.

예전에는 14일 정도 유럽 여행도 다녀오고 그랬죠. 그때는 친오빠랑 살 때가 아니었으니까 오빠에게 부탁해서 저희 집에서 자게 한다거나 하는 식으로 홍조를 돌봤고요. 당시에는 밥과 물, 화장실 청소만 챙기면 홍조가 사는 데 전혀 지장이 없었으니까요.

요즘은 홍조가 하루에 먹어야 하는 약만 여섯 알 정도고, 피하수액도 놔줘야 하죠. 홍조의 컨디션을 면밀하게 살필 수 있는 건 결국 저밖에 없고요. 이제는 진짜 아무 데도 못 갈 것 같다는 생각이 들어요.

**지금은 친오빠와 함께 사시는데, 홍조 돌봄을 나눠서 하지는 않나요?**

전적으로 제가 하고 있어요. 홍조는 완전히 제 고양이라고 생각해서 오빠한테는 어떤 부담도 주고 싶지 않아요. 그리고 오빠가 홍조에게 약을 먹이면 홍조가 엄청 싫어한대요. 저는 금방 하는데, 오빠는 익숙하지 않으니까 힘도 더 많이 들어가고요. 그게 홍조한테는 스트레스가 될 수 있는 거죠. 스트레스 자체가 홍조에게 더 위험할 것 같기도 해요. 그래서 웬만하면 그냥 제가 다 해요.

**그렇군요. 홍조는 약을 먹거나 피하수액을 맞을 때 간식으로 달랠 필요는 없나요?**

간식에 대한 열망이 아예 사라졌어요. 원래도 식욕이 많은 타입은 아니었는데, 그래도 게살 간식은 좋아했거든요. 요즘은 거기에도 관심이 없어요. 저도 '그래, 다 너 좋아지라고, 너랑 나랑 같이 살려고 하는 건데 그냥 하자' 하면서 아무 보상 없이 약도 먹이고 피하수액도 놔요. 근데 홍조가 좀 특이한 케이스인 것 같긴 해요. 투병하는 고양이와 함께 사는 분들이 쓰신 글을 보면 처음부터 혼자 피하수액을 놓기는 어렵다고 하더라고요. 고양이들이 크게 반항하니까요. 홍조는 피하수액을 덤덤하게 맞는 편이에요. 제가 진짜 복 받은 거죠. 보살피기 정말 좋은 고양이예요.

**작가님도 약 먹이고 피하수액 놓는 게 어려웠던 시절이 있으셨나요?**

처음에는 전부 엄청 어려웠죠. 약을 먹이면 얘는 막 토하려고 하고, 저는 이걸 입에 넣어야 하고. 그런데 계속 실패하니까 약이 너덜너덜해지고. 그럼 또 새 약을 먹여야 해요. 홍조는 '대체 뭐 하는 거야?'라고 하는 듯이 저를 불신 가득한 눈빛으로 바라보고요. 그때는 울기도 했어요. 홍조가 너무너무 약을 안 먹어주니까 답답하고, 투약을 한 번에 성공하지 못하는 저도 너무 답답하고.
　피하수액 놓는 것도 힘들었어요. 수액이 60밀리리터 정도 들어가는 주사기를 사용하는데요, 처음에는 절반도 못 놓고 그랬

어요. '이거 안 하면 네가 죽는다는데, 내 마음을 이렇게 모를까' 생각하며 힘들어했죠.

**언제쯤부터 좀 익숙해지셨어요?**

제가 "그래도 해야 해" 이 말을 엄청 많이 하거든요. 입 밖으로도 하고, 머릿속으로도 많이 해요. 그냥 그렇게 계속했어요. 실패하든 말든 그래도 (약을) 먹어야 해, 그래도 (피하수액을) 맞아야 해, 이러면서 하다 보니 정확히 언제부터인지는 모르겠지만 홍조도 받아들이더라고요. 아마 제 긴장도가 떨어진 덕분인 것 같아요. 막 '나 지금 특별한 걸 할 거야' 이러면 사람도 고양이도 긴장하잖아요. 자연스럽게 홍조한테 다가가서 약도 쓱 먹이고, 주사도 쓱 놓으면서 둘 다 점점 더 편해졌어요.

**홍조도 작가님도 너무 대단한 것 같아요. 작가님이 자연스럽게 하시는 만큼 홍조도 잘 받아준 거네요.**

그게 진짜 커요. 홍조가 저를 막 할퀴고 괴성을 지르고 몸부림치면 저도 못할 것 같아요. 그 스트레스가 너무 커서 피하수액을 안 놓기로 했다는 분들도 계시더라고요. 근데 그런 결정을 한 보호자에게 누가 뭐라고 할 수 있겠어요? 세상에서 유일하게 그 일을 할 수 있는 사람이 못하게 됐는데, 방법이 없는 거잖아요. 매일 병원에 갈 수도 없는 거고요.

그래서 저는 이렇게 할 수 있는 건 홍조의 공이 진짜 크다고 생각해요. 그러니까 더 열심히 해줘야죠. '이거 못하겠다'라고 생각하는 게 사치인 것 같아요. 할 수 있는 고양이니까, 당연히 해줘야죠.

**홍조와 작가님의 호흡이 잘 맞는다고도 할 수 있겠어요.**

확실히 성향이 비슷해요. 좀 무던한 느낌이랄까. 그래서 둘이 이런 과정을 잘 버텨나갈 수 있게 된 것 같아요.

**그런데 홍조가 예전부터 신부전도 있었고, 췌장염도 앓아서 밥과 물, 화장실 청소 외에도 손 많이 가는 돌봄을 꽤 오랫동안 하신 거잖아요. 그런 것들이 지친다고 느껴질 때는 없으신가요?**

사실 가끔 지치긴 해요. 그래도 홍조가 살아 있을 때 후회를 남기고 싶지 않거든요. 그리고 제가 하루 이틀 돌봄을 안 하는 걸로 뭐 얼마나 편해지겠어요. 그냥 오히려 꾸준히 투약도, 피하수액도 계속하면서 일관성 있게 지내는 게 훨씬 나아요. 이제는 돌봄도 루틴이 돼서 벅차다는 느낌은 없어요.

**반려묘들의 돌봄을 이야기할 때 빼놓을 수 없는 게 비용 문제인 것 같아요. 저도 월급을 받는 상황이 아니다 보니**

반려묘들이 아플 때를 대비해서 '저축을 해야 한다, 그러려면 들어오는 일을 다 해야 한다'라는 생각이 들기도 하는데요. 프리랜서로 일하다 보면 이런 면에서 불안할 것 같기도 해요. 어떠신가요?

맞아요. 그래서 은행 앱에서 적금 광고가 뜨면 부담 없는 금액으로 적금을 들어놓기도 해요. 그래도 홍조는 아직 큰 수술을 한 적이 없어서 목돈이 들어갈 일은 없었어요. 건강검진을 좀 자주 받으니까 거기에 들어가는 돈 정도고, 약값이나 수액값처럼 꾸준히 필요한 것들만 지출하면 됩니다.

몇 년 전에 제 친한 친구네 고양이가 진짜 큰 수술을 받았어요. 한 1~2주 크게 고생하고, 병원비도 8~9백만 원이 들었다고 하더라고요. 다행히 수술이 잘 돼서 고양이가 건강하게 잘 지내고 있어요.

"반려동물에게 2주에 천만 원을 쓸 수 있나요?"라고 물어보면 정말 많은 분이 포기할 수도 있겠다는 생각을 그때 처음으로 했어요. 반려동물에게 돈을 얼마까지 쓸 수 있는가에 관해서 고민하게 된 계기였죠.

저는 사실상 일도 홍조랑 밀접하니까 다른 분들과는 의미가 조금 다를 수 있어서 돈은 얼마든지 쓸 수 있어요. 그런데 그걸 모두에게 강요할 수는 없잖아요. 금전적인 부분을 대비해두는 건 당연히 너무 좋지만요.

돈을 모아두는 것도 중요하지만, 내가 비용을 얼마까지 감당할 수 있는지를 미리 고민해보는 것도 중요하다는 말씀이군요.

네. 그리고 반려묘가 어떤 질병을 앓게 되었을 때 어떻게, 어느 선까지 치료해야겠다는 생각을 미리 명확하게 해놓는 것도 도움이 되는 것 같아요. 저는 홍조가 암 진단을 받은 뒤에 마지막에 가까워지면 호스피스 케어를 하기로 결정했으니까요. 어떻게 할지 미리 생각해둘 수 있다면 정말 좋지 않을까 생각해요.

**홍조랑 같이 살면서 작가님이 가장 많이 변했다고 생각하는 부분은 뭘까요?**

홍조의 생애 주기에 따라 달라진 부분인데요. 둘 다 젊었을 때는 제가 술도 많이 마시고 외출도 많이 했어요. 다니던 학교, 그 후에 살던 동네 전부 번화가여서 소위 말하는 놀기 좋은 동네였거든요. 술집도 어디나 널려 있었고요. 놀고 싶으면 언제나 바로 친구들을 불러서 나갈 수 있는 위치에 있었어요. 대여섯 시간 정도 밖에 나갔다 올 때는 고양이들 밥이나 물을 챙겨주지 않아도 되니까 짧은 외출이 잦았어요.

이제는 번화가에 살지 않기도 하고, 홍조의 건강 상태도 점차 나빠지고 있어서 필요 없는 외출들이 진짜 줄었어요. 물론 과거의 그 시점에는 다 의미가 있는 외출이었겠지만요. 이게 제 성향에도 잘 맞아서 너무 편하고, 진짜 좋아요.

　　그럼 홍조는 어때요? 나이를 먹고 예전과 가장 달라진 부분이 있다면요?

말수가 조금 적어졌어요. 지금은 진짜 조용해진 거예요. 손님들에게 관심도 같이 좀 떨어졌고요. 예전에는 사람들이 이렇게 모여 있으면 무조건 자기도 나와서 참견했어요. 그리고 아무래도 외적인 면으로는 근육이 많이 빠졌어요. 홍조는 나이에 비해서 관절이 좋은 편이라 활동하는 데 문제는 없는데, 근육이 빠져서 홀쭉해진 허벅지 같은 데를 보면 보호자로서 마음이 아파요.

　　여전히 잘 놀기는 하나요?

네, 요즘은 제가 뜨개질할 때 쓰는 실을 엄청나게 치면서 놀아요. 아무래도 고양이들이 실 같은 걸 보면 환장하잖아요. 저는 뜨개질을 해야 하는데 홍조가 자꾸 방해하니까 얘 거를 따로 줘야겠다 싶어서 대충 만들어줬더니 밤새 실을 치고 다니더라고요.(웃음) 뜨개바늘이 대나무인데 두 개를 이렇게 부딪칠 때 나는 소리를 좋아해서 이걸로 놀아주기도 하고요. 아직도 호기심이 왕성해요.
　　그리고 홍조는 요즘 반짇고리에도 꽂혀 있어요. 어쩌다가 이

걸 좋아하게 됐는지 모르겠어요. 반짇고리를 세워놓으면 거기 막 비비느라 난리가 나요. '아니, 이걸 대체 왜 이렇게 좋아할까?' 싶어서 인스타그램에 만화로도 올린 적이 있는데 댓글에 "플라스틱과 실에서 나는 석유 냄새 같은 걸 고양이가 좋아하는 게 아닐까요?"라고 추측이 달렸어요. 제가 쓰는 것과 똑같은 반짇고리를 좋아하는 고양이가 또 있다는 댓글도 봤고요. 그 반짇고리에 뭔가 있나 봐요.

**이것저것 가지고 노느라 홍조가 바쁘겠어요.(웃음) 홍조는 보통 하루를 어떻게 보내나요?**

보통 제가 일어나서 집 청소를 한번 싹 한 다음에 일을 시작해요. 홍조는 저쪽 방에 있고, 저는 작업실에 조용히 박혀 있으니까 홍조가 한 번씩 체크하러 저한테 오죠. 책상에 설치해놓은 해먹에 누워서 낭창낭창 시간을 보내다가, 또 잠은 캣타워 위에서 자고 그러다 다시 저랑 시간을 좀 보내요. 그리고 저녁에 오빠가 퇴근하면 조금 더 활발한 활동을 해요. 홍조가 되게 '관종'이어서 젊었을 때는 사람들에게 관심받는 걸 더 좋아했거든요. 그래서 집에 저 혼자 있는 것보다 두 사람이 있는 걸 더 좋아해요. 두 사람이 자기한테 집중할 수 있는 거니까요. 그러고 자정쯤 되면 한 번 더 뛰어놀고, 제가 침대에 누우면 같이 들어와서 자요.

**작가님과 생활 패턴이 완전히 동기화되어 있겠어요.**

그런 것 같기는 한데, 오빠 말을 들어보니 또 홍조가 새벽에 혼자 엄청 바쁘대요. 제가 먼저 혼자 잘 때가 드물긴 하지만 간혹 그럴 때는 거실에 나와서 혼자 밥도 먹고, 오빠한테도 참견하고, 베란다에 누워서 바깥 구경도 한대요. 저는 모르는 홍조 혼자만의 시간을 보내는 것 같아요.

**어떤 면에서는 홍조의 루틴에 작가님이 맞춰야 하는 부분도 있잖아요. 홍조를 보면서 '내 하루도 이런 식으로 흘러가야겠구나'라고 계획하실 것 같아요.**

오히려 일정이 계획처럼 딱딱 맞춰지지 않더라고요. 매일매일 달라져요. 예를 들어 홍조가 갑자기 토를 해요. 그러면 피하수액 스케줄이 달라져요. 그리고 아까 말씀드린 것처럼 홍조가 속이 안 좋은 표정을 지어요. 그러면 원래 먹이려던 약을 바로 먹일 수 없거든요. 얘가 밥을 먹을 때까지 조금 기다려야 해요. 홍조를 돌보는 일에 큰 흐름은 있지만, 그 안에서 계속 미세하게 조절해 나가는 하루하루를 보내고 있어요.

멋있는 프리랜서분들을 보면 작업 시간을 고정해두거나, 45분 일하고 15분 쉬는 방식으로 일하는 분들도 계시더라고요. 저는 그렇게 할 수가 없어요. 최근에는 특히 홍조한테 신경이 많이 가 있기도 하니까요. 투약이나 수액 맞히기처럼 홍조의 돌봄 스케줄은 제 일상 계획의 일부이자 과정으로 늘 함께 관리해 나가고 있어요. 확실히 조금 더 부지런하게 살게 되죠.

**오히려 내가 세운 계획이 언제든지 바뀔 수 있다는 걸 이해하게 되는 거네요.**

맞아요. '이 시간까지는 일해야지'라고 막연하게 정해놓기는 하지만 지켜지기도 하고, 못 지키기도 해요. 만약 계획에 변동이 생기는 걸로 스트레스를 많이 받는 분이면 이런 상황을 정말 힘들게 느끼실 것 같아요. 그런데 저는 원래 좀 계획성도 없고, 일도 그때그때 쳐내는 스타일이라서 특별히 어렵지는 않아요. 같이 생활하는 존재에 의해서 내 일상이 얼마든지 변동될 수 있다는 것, 그걸 받아들이고 있어요.

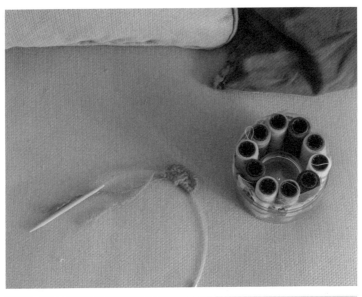

# 곁에 없어도
# 영원히, 가족

# 17세 시타와

## 한윤아,

## 황명진,

## 황윤

주말에 낯선 사람들의 방문을 반기기란 쉬운 일이 아니다. 17세 고양이 시타와 같이 살고 있는 한윤아와 황명진, 황윤의 집으로 찾아간 건 7월 첫째 주의 일요일이었다. 까만 옷으로 맞춰 입고 빨간색으로 작은 포인트를 준 이 귀여운 가족 세 사람은 각자의 방식으로 우리를 환대했다. 한윤아는 이리저리 분주하게 움직이며 인터뷰를 주도했고, 황명진은 좋은 음악과 적절한 음량으로 인터뷰 분위기를 조성하며 맛있고 향긋한 커피를 손수 내려주기도 했다. 중학생 황윤은 질문을 던지면 수줍어하면서도 끝까지 인터뷰 자리를 떠나지 않고 지켰다. 얼굴에 멋진 무늬가 있는 시타는 그동안 거실로 나오지 않고 방 안에 앉아 조용히 상황을 관전하는 듯했다.

인터뷰 내내 서로의 이야기에 첨언하기도 하고 반박하기도 하며 토닥거리던 세 사람이 동시에 조금 숙연해진 순간이 있다. 2021년 세상을 떠난 시타의 오빠, 고양이 루시와 관련된 기억을 꺼내어 올릴 때였다. 태어났을 때부터 무지개다리를 건널 때까지 함께했다는 루시의 이야기는 울지 않고 듣기 어려운 사연이었지만, 세 사람은 울지 않았다. 그건 루시가 변함없이 그들 곁에 머무르고 있다는 걸 알기 때문이다. 그리고 무엇보다, 세 사람에게는 시타가 있기 때문이다.

세 분의 소개를 부탁드립니다.

**한윤아(이하 윤아)** 저는 한윤아고요, 시각 예술 분야의 기획자입니다. 타이그레스온페이퍼TIGRESS ON PAPER라는 1인 출판사를 운영하고, 글도 쓰고 있어요.

**황윤(이하 윤)** 저는 학생이고, 지난주에 기말고사가 끝났어요.

**황명진(이하 명진)** 판교의 게임 회사에서 일하고, 루시를 데려온 사람입니다.

시타는 어떤 고양이인가요?

**윤아** 삼색 카오스라고 하죠. 코리안쇼트헤어이고, 여아예요. 삼색이가 보통 여아잖아요. 나이는 2007년생으로 추정하고 있어요. 저희가 만난 건 2008년 초인데, 그 전에 아이가 3개월령 정도로 추정되는 상태였거든요. 길에서 태어나서 지금까지 저희와 쭉 함께 살아온 동반묘입니다.

시타 성격은 어떤 편인가요?

**윤아** 정말 순하고 조심스러워요. 기질이 그런 것 같아요. 처음부터 집에도 잘 적응했고, 사람들과도 잘 지내는 편이죠. 그렇다

고 막 애교가 많은 건 아니지만요. 고양이가 물건을 망가뜨린다거나 장난스러운 행동을 많이 할 수 있는데, 저희 집을 보면 고양이의 흔적이 별로 없거든요. 그런데 또 시타가 호기심은 많아요. 열일곱 살인데도 아직 높은 데 올라가는 걸 좋아하고요, 창문을 열면 꼭 나와서 이렇게 창밖을 봐요.

**시타를 처음 만난 때를 기억하시나요?**

**윤아** 시타는 당시에 제가 함께 일하던 창성동의 디자인 사무실에서 임시보호하던 아이였어요. 디자인 사무실 옆은 미술 작가님이 운영하는 카페였는데, 작가님이 운전하다가 칠 뻔한 아기 고양이를 데리고 온 거예요. 일단 차에 태워서 데리고는 왔는데 어떻게 해야 할지를 몰라서 옆집 디자이너에게 임시보호를 맡기게 되었죠. 입양 보낼 사람을 찾던 와중에 제가 데리고 오면서 키우기 시작했어요.

**시타가 윤 님보다 나이가 많고, 또 어릴 때는 함께 컸잖아요. 어떻게 보면 윤아 님이 고양이들과 윤 님 육아를 동시에 한 것이기도 하겠어요.**

**윤아** 고양이를 키울 때 가장 위기의 순간이랄까, 그런 것 중 하나가 역시 임신이거든요. 임신을 하면 주변 어른들이 고양이랑 아기를 같이 키우는 데 반대를 하세요. 아기가 너무 귀하다고 생각하시다 보니 동물이 애한테 해코지를 할까 봐, 혹은 병을 옮길까 봐 걱정하시는 거죠.

윤이가 태어나고 나서 공동육아 어린이집에 다녔는데요, 한 번은 고양이 관련 소동이 있었어요. 공동육아는 공동 출자를 해서 협동조합으로 어린이집을 만들어 민주적이고 대안적인 방식으로 운영하는 곳이기 때문에 모든 일을 회의로 결정해요. 어느 날 어린이집 마당에 길고양이가 들어와서 모래밭에 똥을 싸고 덮고 간 거예요. 고양이로서는 당연한 행동인데, 아이들이 앉아서 노는 곳이라 난리가 났죠. 회의 시간에 안건으로 올라와 고양이를 잡아야 한다, 어디론가 쫓아 보내야 한다, 텃밭에 약을 쳐야 한다 이런 이야기들이 나왔어요. 아이들을 평등하게 잘 기르고자 하는 부모들조차 동물에 대해서는 이해가 별로 없었던 거죠. 심지어 회의 때 고양이가 옮기는 병이나 알레르기 종류를 브리핑한 분이 계실 정도였어요.

제가 고양이와 함께 산 경험이 있으니까 나서서 어떻게 고양이와 잘 지낼 수 있는지를 설득하고, 고양이를 중성화할 수 있도록 구청에 요청하기로 했어요. 다행히 동물 친화적인 분들도 계셨고, 페미니스트 엄마들도 나서 주셨고요. 어린이집 선생님들도 사실은 몰래 그 고양이를 보살피고 계셨기 때문에 함께 논의한 끝에 고양이를 잘 돌볼 수 있게 됐어요.

고양이를 키우다가 아이가 생겼을 때 많이들 (고양이를) 포기하시는 것 같아요. 저는 당시에 『임신하면 왜 개, 고양이를 버릴까?』(권지형·김보경 지음, 책공장더불어, 2010)라는 책을 읽고 도움을 많이 받았어요. 의사 선생님이 쓴 책인데요, 당시에는 반려동물과 인간의 건강에 관해 의사가 쓴 책이 드물었어요. 개와 고양이에 관한 지식이 별로 없어서 반려동물을 포기하는 경우도 있잖아요. 그 책을 통해서 알레르기는 그런 식으로 사람에게 옮는 게 아니고, 오히려 반려동물과 함께 사는 환경이 면역력을 키우는 데 더 도움이 될 수 있다는 사실을 알게 됐어요.

**사람 아기와 고양이들은 어떻게 관계를 맺는지도 궁금한데요.**

**윤아** 어릴 때부터 윤이와 고양이들이 서로서로 잘 지냈어요. 우리 시타는 한 번도 사람을 세게 물거나 할퀸 적이 없어요. 아이가 고양이를 건드리지 않을 수 있게끔 알려주고, 아이한테 고양이 밥을 주게 한다거나 하는 식으로 고양이들과 아이가 친해질 수 있는 연습을 하기도 했고요. 서로 접촉면을 늘려가면서 친해지는 게 중요한 것 같아요.

제가 어렵다고 생각했던 건 이런 것보다 절대적인 돌봄의 양이 많다는 거였어요.

**그러셨을 것 같아요. 아기를 봐야 하는데, 고양이들도 돌봐야 하니까요.**

**윤아** 입버릇처럼 "똥 치우다가 하루가 다 간다"라고 말할 정도였어요. 그땐 고양이들이 예쁘지가 않더라고요. 걔네를 어디론 가 보내고 싶다, 이런 게 아니라 그냥 다 제 마음에 짐을 지우는 존재로 느껴졌던 거죠. 2~3년이 지나서 윤이가 걸어 다니기 시작하고, 어린이집에 가면서부터는 좀 괜찮아지더라고요. 아이가 어느 정도 크고 저도 마음의 여유가 생기고 나니 고양이들과의 관계도 새롭게 맺어졌달까요. 뭐라고 말로 표현하기가 어려운데, 고양이들과 저 사이에 끈이 딱 생긴 느낌이었어요. 제가 일방적으로 고양이들을 예뻐하는 걸 넘어서 끈끈한 감정이 생긴 것 같아요.

**지금은 시타와 각자 어떤 관계를 맺고 계신 것 같나요?**

**윤아** 밥이랑 물 챙기기, 화장실 치우기 같은 기본적인 돌봄은 제가 많이 맡고 있어요. 시타와 교감하는 것, 시타가 아프지는 않은지 상태를 살피는 건 남편이 주로 하고요. 윤이는 중학교에 들어가기 전까지는 시타랑 굉장히 친밀한 관계였는데, 사춘기가 되고 나니까 자기 문제에 조금 더 집중하더라고요. 시타도 윤이가 사춘기인 걸 아는 것 같아요.

가족이 맺는 모든 관계가 다 그렇지 않을까 싶어요. 어떤 시기에는 굉장히 밀착됐다가, 또 어떤 시기에는 서로 무심하기도 했다가. 그게 그냥 같이 사는 방식인 거죠.

**윤** 근데 나…… 사춘기치고는 되게 유한 편이거든?

**윤아** 아니, 그게 나쁘다는 게 아니라 자기만의 시간이 필요한 시기라는 거지.

윤 님 스스로는 어떻게 느끼시나요? 시타와의 관계가 예전과 좀 달라졌다고 생각하세요?

**윤** 예전보다 함께 보내는 시간이 적어졌다고 생각하긴 해요. 전에는 장난감으로 놀아주기도 하고, 시타를 계속 만져줬거든요. 지금도 여전히 많이 만져주긴 해요. 목이나 머리를 쓰다듬으면 시타가 엄청 좋아하더라고요.

이전에는 윤 님이 '고동이(고양이 동생)'라는 닉네임으로 고양이 유튜브 채널과 인스타그램 계정을 운영했다고 들었어요. 주로 어떤 내용을 올리셨나요?

**윤** 특별한 내용은 없고, 고양이들이 평소에 자는 거, 먹는 거, 아니면 노는 걸 찍어서 올렸어요. 그냥 기록해두고 싶었어요.

**윤아** 고양이가 집에 있으니까 윤이가 애들 사이에서 인기가 있는 거예요. 애들이 막 "윤이 집 놀러 가고 싶다" 그러고. 고양이가 스몰토크의 소재가 되기도 하고요. 어린이였을 때니까 친구들에게 고양이를 더 많이 보여주고 싶기도 했을 거고, 내가 기술적으로 이 정도 영상을 만들 수 있다는 걸 보여주고 싶은 마

음도 있었을 거예요. 기본적으로 윤이가 고양이들과 워낙 친하게 지냈기 때문에 영상이 자연스러웠어요. 그래서 제 친구들이 굉장히 좋아했어요. 되게 재미있다고요. 요즘에는 고양이 콘텐츠가 워낙 많지만, 윤이가 만든 건 일상에서 고양이와의 관계가 보여서 좋았어요.

윤 님은 나중에 성인이 돼서 독립하게 되면 그때도 고양이와 같이 살고 싶으신가요?

**윤** 어릴 때는 독립하면 고양이를 키우고 싶었는데요, 지금 와서 보니까 할 일이 진짜 많더라고요.(웃음)

**윤아** 그렇지. 모를 때는 '집에 데려다 놓으면 크는 거 아니야?' 이렇게 생각할 수 있지만 알고 보면 할 일이 많죠.

시타가 한동안은 윤이 침대에서도 많이 잤어요. 요즘에는 저희 부부 침대에서만 자요. 고양이가 너무 재미있는 게, 항상 일정한 행동을 패턴화해서 하는 것 같지만 큰 변화들이 있어요. 2021년에 저희가 루시를 먼저 보내고 이 집으로 이사했는데, 그 뒤로 시타가 저희한테서 잘 안 떨어져요. 예전에는 폭신한 소파에서 혼자 자는 편이었는데 이제는 자다가 저희 발에 차여도 꼭 침대 위에서 자요. 제가 작업방에서 일할 때도 항상 제 책상 옆에 있고요.

시타가 뭔가 돌봄을 더 바라는 건지, 아니면 혼자 있는 데 불안을 느끼는 건지 예전보다 사람에게 의존하는 성향이 더 강해졌어요.

방금 2021년에 루시가 무지개다리를 건넜다고 말씀하셨잖아요. 혹시 괜찮으시다면 그때의 경험을 들려주실 수 있을까요?

**윤아** 네, 그때 루시도 열일곱 살이었죠. 원래 루시는 이사하면 요도염에도 종종 걸리고, 스트레스를 받으면 화장실을 못 갈 정도로 성격이 조금 예민한 편이었어요. 한번은 여행할 때 친구 집에 맡겼는데 5일 동안 화장실을 못 간 거예요. 친구가 병원에 데려가서 엑스레이를 찍었더니 뱃속에 똥이 가득 차 있었다더라고요.(웃음) 그래도 열일곱 살이 되기 전까지는 큰 병 없이 건강하게 지냈어요.

그런데 그해 여름이 지나갈 즈음, 어느 날 밥맛이 좀 없어 보이더라고요. '왜 이렇게 잘 안 먹지?'라는 생각에 입맛 돋우는 캔이나 북어 수프 같은 걸 사다가 먹여봤죠. 대형 고양이용품 매장에 가니 사료 종류가 다양하더라고요. 루시한테는 평생 거의 한 회사의 사료만 먹여왔기 때문에 이것저것 먹여보는 재미가 있었어요. 영양소를 챙겨줘야 한다는 생각에 평생 루시가 먹지도 않았던 비싼 고단백 사료 같은 것도 먹이고요. 그런데도 입맛은 점점 떨어지고, 살도 조금씩 조금씩 더 빠지는 거예요. 그때 직감했죠. 얘가 아프구나.

병원에 갔더니 이것저것 검사를 한 뒤에 신장 수치가 좋지 않으니 2차 병원에 가보라고 했어요. 2차 병원에 가기 전에 수소문을 해서 다른 병원을 먼저 찾아갔습니다. 수의사 선생님 평판이 좋은 병원이었죠. 노견과 노묘를 오래 돌보기도 하신 분이었고요. 그런데 루시를 보더니, 이동장에서 꺼내지도 말라고 하셨어요. "이런 친구는 눈만 보면 압니다. 시간이 별로 없네요"라고 하시면서요. 어떻게 해야 하는지 물었더니 자기라면 마지막까지 해보겠다고, 2차 병원에 입원하라고 했어요.

　비슷한 시기에 친한 언니의 고양이가 우리 루시랑 비슷한 나이였거든요. 그 애도 신장 수치가 안 좋아서 2차 병원에 다녔어요. 그 병원에 2~3일 입원하면서 신장 투석을 하면 고양이가 일주일 정도 괜찮아져요. 신장 기능이 망가지면서 독이 쌓이는 거라 그걸 인위적으로 순환해서 빼주면 애가 편안해지는 거예요. 그렇지만 신장 자체가 회복된 건 아니기 때문에 다시 상태가 나빠지고 또 투석을 해야 해요. 언니네 고양이가 그렇게 병원을 들락거리다가 한 달도 안 돼서 병원에서 떠났어요. 언니는 고양이의 마지막을 함께하지 못해서 무척 슬퍼했어요. 저도 그 아이가 눈에 많이 밟히더라고요.

　입원 준비를 하면서 굉장히 고민했어요. 이사 한 번만 가도 화장실을 못 갈 정도로 예민한 루시를 2~3일 병원에 두고 올 수 있을까? 루시를 거기 두고 내가 집에서 잠을 잘 수 있을까? 혹시 루시가 잘못된다면 그렇게 병원에서 보내는 게 맞을까? 물론 일주일 정도는 편안하게 지낼 수 있다고 하니 그 방법이 나을 수도 있겠죠. 그런 고민을 하는 사이에 루시는 점점 더 말라갔어요. 직관적으로 얼마 안 남았다는 느낌이 들더라고요.

마지막으로 갔던 병원의 수의사 선생님 말이 맴돌았어요. "마지막까지 해보겠다"라는 말이요. 최선을 다해야 한다는 말이 계속 저를 붙잡았어요. 사실 저는 어릴 때부터 큰 병원에 자주 들락거렸고, 중학교 때 의사의 오진으로 필요 없는 개복 수술을 한 적도 있었고요, 병원에서의 경험이 좋은 편은 아니었어요. 또 그 시기에 참…… 지인이 암 투병을 했습니다. 항암 과정의 고통이 심했고, 희망을 걸었다 차도가 없어 절망에 빠지는 일이 반복되고…… 그걸 보는 저 역시 여러 감정으로 굉장히 힘들었어요. 병의 아픔도 있지만 우울감과 절망감이 환자를 더 지치게 하는 것 같아요.

그래도 좋았던 건, 그분이 적극적인 치료를 하지 않기로 결정하고 호스피스 병동에 들어가신 뒤였어요. 가족들과 함께 지내고, 매일 친구들을 만나면서 웃고 인사하고 모두가 보는 앞에서 너무 편안하게 가셨어요. 아시다시피 호스피스 병동이라는 게 치료를 중단하러 가는 곳이잖아요. 대신 그곳은 환자의 고통을 줄이고 환자에게 마지막을 정리할 시간, 주변과 감정을 나눌 시간을 주죠. 고양이에게도 호스피스 병동이 있으면 좋겠다고 생각했어요.

결국 루시는 입원하지 않기로 결정하고 보름 정도 집에서 지냈어요. 떠나기 전 마지막 일주일에는 거의 움직이지도 못하더라고요. 소파에 눕혀놓고 물 정도만 겨우 먹었어요. 제가 너무 자세하게 얘기하고 있네요. 생각이 나서……

　　**괜찮아요. 계속 이야기해주세요.**

**윤아** 그러고 있는데, 밤에 루시를 들고 침대로 가고 싶었지만 혹시라도 제가 자다가 밀칠까 봐 그냥 소파에서 재웠어요. 새벽에 애를 보러 거실로 나왔더니 바닥에 소변을 한 바닥 싸놓고 소파 밑에 누워 있더라고요. 그때 눈물이 진짜 확 났어요. 얘는, 고양이는, 자기 존엄성을 지키려고 화장실을 가려고 한 거야. 자기다움을 잃지 않으려고 너무 애를 쓴 거예요. 그냥 누워 있던 곳에 싸도 되는데. 패드도 깔아놨는데. 그 힘든 몸을 이끌고 바닥에 내려갔다가 결국 주저앉아서 소변을 싸놓은 거죠.

　우리 루시가 2021년 10월 1일에 떠났는데 그날 남편이 일찍 집에 와서 같이 있었어요. 윤이는 학교에 갔고요. 햇볕이 좋은 가을이었고, 루시는 베란다 앞에서 해를 쬐는 걸 좋아했어요. 바구니에 이불을 깔아서 해가 잘 들어오는 자리에 놓고 루시가 해를 좀 쬐게 해줬거든요. 그때 루시가 숨을 크게 몰아쉬기 시작했죠. 느낌이 와요. 이제 마지막이구나. 저는 어떻게 해야 할지 몰라서 일어나서 막 왔다 갔다 했어요. 그 시간을 부정하고 외면하고 싶었던 것 같아요. 다행히 남편은 옆에서 루시를 만지면서 계속 함께 있어줬죠. 결국 루시는 따뜻한 햇빛 아래서 마지막 숨을 크게 쉬고, 우리가 몸을 쓰다듬어주고 있을 때 떠났어요.

루시가 아팠기 때문에 제가 장례 절차는 미리 다 준비해뒀거든요. 혹시 장례 키트 아세요? 반려동물이 세상을 떠날 때 수습할 수 있는 기초 키트가 있는데요, 당시 GS25 편의점에서 잠깐 유통했어요. 루시가 떠나기 전날인가 전전날쯤, 그걸 구하려고 돌아다녔는데 결국 못 구했죠. 장례 키트는 별건 아니고, 고양이의 몸을 닦는 소독용 세정 티슈와 운구용 방수 천 가방이 들어 있어요. 고양이의 몸이 곧 굳기 때문에 계속 마사지하면서 다리를 펴줘야 하거든요. 그때 필요한 물품들이죠. 우리는 평소 루시를 데리고 다니던 캐리어를 예쁘고 깨끗하게 정리해서 루시를 수습한 다음, 윤이가 학교에서 돌아오기를 기다렸다가 장례식장에 데려갔어요.

**한 고양이가 오래오래 살다가 약해지고, 세상을 떠나는 순간까지 어떤 시간을 보내는지에 관한 이야기를 들은 건 처음이었다. 그 과정에서 반려인이 어떤 고민을 얼마나 했는지, 그 고민이 자신을 어떻게 괴롭혔는지, 그럼에도 어떤 선택을 왜 하게 됐는지에 관해서도. 루시가 자기다움을 잃지 않기 위해 마지막까지 애썼다는 한윤아의 이야기를 듣다가 자꾸만 눈물이 났다. 떠올리기도 쉽지 않았을 경험을 구체적으로 들려준 한윤아, 그리고 만나본 적 없는 고양이 루시에게 고마운 마음이 들었다. 한윤아가 가져온 루시의 사진이 담긴 액자와 루시의 유골함을 보며 루시가 도착한 곳에서도 행복하게 지내고 있기를 빌었다.**

요즘도 가족들끼리 루시 얘기를 많이 하시나요?

**명진** 가끔 하죠. 루시는 태어날 때부터 떠날 때까지 늘 함께 있었기 때문에 자꾸 얘기하게 돼요. 저것(유골함)도, 루시를 데리고 온 다음에 우리가 자주 쉬러 가는 제주도 어딘가에 뿌려주자, 그렇게 얘기했는데 쉽게 뿌려주지는 못할 것 같아요. 제주도에는 꽤 자주 갔는데도. 그냥 아직도 루시와 함께 있는 기분이에요. 언제 루시를 뿌려줄 수 있을지는 잘 모르겠어요.

쉽지 않을 것 같아요. 계속 루시와 같이 있고 싶은 마음 아닐까요.

**윤아** 장례식장에 갔을 때가 떠올라요. 캐리어에 담았는데 우리 루시가 공기처럼 가벼운 거예요. 영혼의 무게가 빠져서 그런 건지…… 원래는 큰 곰 인형처럼 털도 너무 예쁘고, 무거웠거든요. 우리 셋이 차를 타고 장례식장에 가면서 계속 울었어요.
　고양이를 화장하기 전에 깨끗하게 염해서 잠깐 함께 시간을 보낼 수 있는 방이 있어요. 마음의 준비가 될 때까지 같이 있으라고요. 좋은 애도의 시간을 보냈어요. 제가 알기로는 고양이가 떠난 뒤에 병원에 맡기면 폐기물로 가거든요. 그러니까 충분히 애도하기가 좀 어려울 수 있어요. 물론 어떻게 보낼 것인가는 선택의 문제일 수 있는데, 우리가 고양이와 함께 지냈던 세월을 생각하면 애도의 시간을 갖는 게 필요할 것 같더라고요.

저희는 장례를 잘 마쳤고, 루시 유골도 이제는 어딘가에 묻어주긴 해야 하는데 아직은 이사할 때마다 계속 데리고 다니고 있어요. 사람이라면 그동안 맺어온 여러 관계가 있을 테니 다른 이들도 보러 가는 장소에 둬야겠지만, 쟤는 우리랑만 관계를 맺은 애다 보니까 저곳이 일종의 납골당인 거죠. 매년 10월 1일이 되면 저 앞에 사료도 놔주고 그렇게 지내고 있어요.

　시타는 루시가 사라진 것을 어떻게 받아들였다고 생각하세요?

**윤아** 루시랑 시타가 싸우지는 않았지만 둘이 막 붙어 있는 애들은 아니었어요. 서로 적절한 거리에서 잘 지냈는데, 루시가 영리하고 카리스마가 좀 있어서 그런지 시타가 건드리지를 못했죠. 저희 침대에서 항상 함께 자는 게 루시니까 시타가 침대에 가까이 못 오기도 했고요. 시타가 저희랑 더욱 친밀한 관계가 된 게 루시가 떠난 무렵인 것 같네요.

　시타의 건강은 요즘 어떤가요?

**윤아** 아픈 곳은 없는 것 같아요. 관절은 확실히 예전보다는 살짝 약해진 것 같은데, 그래도 여전히 높은 곳에 잘 올라가는 편이에요. 못 뛰게 하는데도요. 이빨이랑 잇몸도 튼튼하고요. 아직도 습식보다는 아작아작 씹는 사료를 좋아해요.

**여전히 건강한, 시타의 장수 비결은 뭘까요?**

**윤아** 저는 고양이나 사람이나 먹는 문제가 중요하다고 생각하거든요. 사료에 안 좋은 게 너무 많이 들었어요. 성분이 뭔지 모르는 사료도 많고요. 저는 성분을 알 수 있는 사료만 시타에게 먹이려고 했어요. 고양이에 관해 제대로 된 지식을 쌓으려고 읽은 책들이 영향을 준 것 같아요.

다른 한편으로는 약간의 무심함도 중요하지 않나 싶어요. 아이도 마찬가지인데 너무 손을 타면 애가 더 아픈 것 같거든요. 어느 정도 아이의 건강함이나 자생력을 믿고 지켜볼 필요가 있어요. 그러니까 돌봄에 있어서 내가 장악할 수 있는 지식의 양은 늘리되, 간섭은 줄이는 게 중요한 거죠. 애를 너무 내 방식대로 키우려고 하기보다는 애가 자기의 삶을 어떻게 사는지 지켜보는 정도. 물론 어디가 아픈지는 좀 빨리빨리 알아채야겠다는 생각은 들어요. 이건 아직도 많이 후회돼요.

**시타의 노년을 맞이해서 더 신경 쓰는 부분이 있나요?**

**윤아** 저는 항상 루시가 아픈 걸 좀 더 빨리 알아챘더라면 같이 더 긴 시간을 보낼 수 있었을까, 그런 자책을 하거든요. 그건 어쩔 수 없는, 지울 수 없는 감정이에요. 애가 입맛이 떨어졌다는 건 되게 큰 신호였는데.

그래서 루시를 보내고 나서는 시타가 어떤 상태인지 자주 살

펴봐요. 이빨도 보고, 손톱도 보고, 다른 아픈 데는 없는지, 성격에 변화가 있는지 등을 보죠. 예전보다 지방이 줄어서 그런지 대사가 떨어져서 그런지 추위를 조금 타는 것 같기는 하지만, 아직 시타는 호기심도 많고 명랑한 할머니입니다.

시타, 그리고 루시와 함께 살면서 스스로 달라진 부분을 느끼기도 하시나요?

**윤아** 고양이와 함께 살지 않았을 때와 그 후를 비교할 만큼 그전의 생활이 잘 기억나지 않아요. 고양이들과 같이 산 지 벌써 20년이 됐으니까요. 제 삶의 변화보다는 반려동물에 대한 사회적인 인식의 변화를 많이 느끼기는 해요.

저는 1980년대에 어린 시절을 보냈는데, 그때부터 반려견 문화가 조금씩 생기기 시작했지만 그렇다고 개에 관한 지식이 많다거나 개를 인간과 동등하게 보는 시대는 아니었거든요. 그냥 개를 예뻐하고, 리본 달아주고, 개한테 남은 밥을 주지 않고 사료를 주기만 해도 되게 잘 키우는 거였어요. 고양이들이 동네에서 울면 사람들이 요물이라고 싫어하던 시절도 있었고요.

지금은 분위기가 좀 달라요. 보니까 동네에 고양이 임시보호소도 만들어지고, 어떤 분들은 고양이를 좀 더 적극적으로 돌봐주기도 하더라고요. 예전에는 캣맘들이 고양이를 꼬이게 한다고 사람들이 싫어하기도 했고, 앞에서 말한 것처럼 제가 겪은 어린이집 고양이 관련 소동 같은 것도 있었는데 이제는 사

람들이 길고양이들을 예전보다 좀 더 가깝게 느끼는 것 같아요. 수의사분들도 훨씬 더 전문화됐고, 반려묘 관련 시장도 커졌고요. 너무 상업화된 부분도 있지만요.

　　명진 님은 어떠세요?

**명진** 저는 스무 살 이후 집에서 독립하면서부터 고양이나 강아지를 많이 키웠어요. 루시도 원래는 형이 데리고 왔다가 못 키울 것 같다길래 제가 데리고 온 거였고요.

**윤아** 나한테 잘 보이려고 데리고 온 거 아니었어?

**명진** 그렇기도 하지. 그런데도 예전에는 고양이를 잘 몰랐죠. 고양이가 자기 공간 바깥으로 나가는 걸 싫어하는지 몰라서 아내랑 데이트하는데 고양이를 차에 태워서 데려간 적도 있어요.

**윤아** 우리도 그동안 많이 성장했죠. 동물이라는 존재가 우리 생각과 완전히 다르구나. 그들의 일생은 짧구나. 생애라는 것은 끝이 있구나. 그런 것들을 알게 됐어요.
　　그래서 '내가 새로운 아이를 또 만날 수 있을까?'라고 생각했을 때, 예전에는 '저 고양이 예쁘다, 내가 키우고 싶다' 정도였다면 지금은 더 많은 걸 고려하게 되는 것 같아요. 길에 있는 애들을 함부로 집에 데려오면 안 되겠다는 생각도 하고요. 고양이들만의 생태계를 관심 있게 보면서 저기에 그냥 약간의 좋은 변화를 주려고 노력해야죠. 고양이를 내 집에 데리고 오겠다는 생각, 나만이 고양이를 돌볼 수 있다는 생각을 하면 안 되겠다는 건 확실히 알겠어요. 동물을 보는 관점이 변하긴 했네요.

**루시와 시타가 알려준 것들이네요.**

**윤아** 루시가 떠나고 시타 턱의 여드름을 치료하려고 병원에 데려갔을 때, 그제야 알게 된 게 있어요. 제가 루시에게 단백질 함량이 높은 사료를 먹였다고 했잖아요. 신장병이 있는 고양이에게는 고단백 사료나 영양 성분이 너무 높은 건 절대 먹이지 않아야 한대요. 요즘에는 단백질 함량이 높다는 사실을 홍보하는 사료가 많다는 거예요. 그런 사료들은 신장에 무리가 가서, 고양이 몸이 그런 것들을 걸러내다가 장기가 망가진다고 해요. 수의사 선생님께 이런 이야기를 듣고 나서 '내가 이렇게 고양이의 아픔에 대한 지식이 없었구나'라는 걸 깨닫고 그 부분에 신경 쓰기 시작했어요.

고양이가 아픈 상태, 고양이의 노년에 관해 새로운 지식이 필요하다고 생각해요. 그런 것들을 좀 더 알고자 하는 것이 노령묘와 함께 살면서 생긴 변화 같아요.

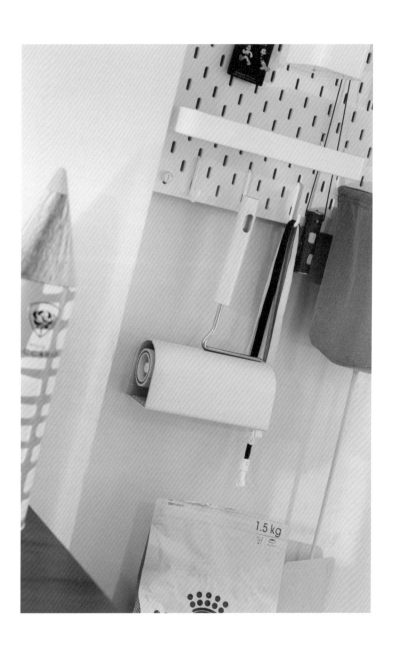

# 묘연,
# 고양이와
# 인간의 역학

12세

순복이와

정슬기

어느 순간 나를 대하는 고양이들의 태도가 달라졌다고 느낀 적이 있다. 첫째 고양이 보통이는 내가 다른 데 정신을 팔고 있을 때면 조용히 다가와서 앞발로 내 팔이나 허벅지를 톡톡 친다. 만져주거나 무릎 위로 올려달라는 요구다. 예전에는 혼자만의 시간을 보내는 걸 더 좋아했는데, 요즘은 내가 일하고 있을 때면 노트북 옆에 앉아 꾸벅꾸벅 졸거나 일을 마칠 때까지 잠을 참기도 한다. 둘째 고양이 보리의 변화는 더 놀랍다. 사람이 자신을 만지는 걸 극도로 싫어해서 눈만 마주쳐도 도망가기 일쑤였는데 이제는 만져달라고 먼저 다가온다. 궁둥이를 팡팡 두들겨달라고, 털을 삭삭 빗어달라고 야옹거리며 요구 사항을 관철한다. 고양이가 변화하는 모습을 보며 애틋함이 더 커졌다. 어떤 고양이는 가까워지는 데 10년이 걸리기도 하는구나, 사람과 사람이 그렇듯 고양이와 사람의 관계도 시간이 흐르면서 달라지는구나, 생각하게 됐다.

셀렉트숍 '그로브'를 운영하는 정슬기와 12세 고양이 순복이의 관계도 예전과는 사뭇 달라졌다. 예민했던 순복이는 나이를 먹으며 이름처럼 순한 고양이가 되었고, 어릴 때는 한 번도 안 하던 꾹꾹이를 열 살 넘어 할 정도로 어리광이 늘었다. 길고양이들을 챙기는 정슬기와 남편 정현모가 구조해온 다른 고양이 가족들과 분리되어 지내느라 순복이는 침실에서 사람과 같이 잠들고, 같이 일어난다. 인터뷰를 진행하던 날에도 순복이는 침대 위에 편안하게 누워 우리를 바라보았다. 그러다 슬슬 집 안을 산책하고, 냄새를 맡으러 다가오고, 걷다가 카메라를 향해 포즈를 취하는 듯 뒤돌아보며 멈춰 서기도 했다. 순복이가 함께하는 시간에는 느긋함과 나른함이 흐르고 있었다.

순복이가 동그란 스크래처 위에 자리를 잡았네요. 저기가 가장 좋아하는 자리인가요?

순복이의 요즘 '최애' 자리예요. 집에 고양이들이 많다 보니까, 애들마다 좋아하는 장소가 매번 조금씩 바뀌어요. 맨날 구조를 바꿔줘야지 애들이 안 질려하더라고요.

지금 이 집에 어떤 고양이들이 있는지 소개해주세요.

엄마 모키와 모키 자식들 셋, 엄마 연궁이와 연궁이 자식들 둘, 그리고 순복이, 이렇게 총 여덟 마리가 살고 있어요. 모키랑 연궁이는 다 임신했을 때 길에서 구조한 아이들이고요. 나이는 모키네가 7~8세, 연궁이네가 0~1세 정도 되는 것 같아요. 순복이는 2012년에 태어난 지 한 달 정도 됐을 때 저한테 왔으니까 올해로 열두 살이네요. 순복이가 고양이 중에 나이는 가장 많지만 서열은 가장 낮아요.

서열이 낮다는 건 어떻게 알 수 있나요?

일단 나이가 어린 애들은 순복이를 거의 투명 고양이 취급해요. 보통 좀 세력이 있는 애들끼리는 서로 막 이겨 먹으려고 난리를 치는데, 순복이를 보고는 그냥 막 지나쳐요. 없는 고양이 치는 것 같아요. 비유하자면 약간 군대에서 말년 병장의 존재

감 같달까요.(웃음) 순복이가 있어도 신경을 안 써요. 예전에 모키랑 순복이가 같이 지낸 적이 있는데 둘이 사이가 별로 안 좋았거든요. 그땐 순복이도 기력이 좀 있을 때라 모키랑 막 싸우기도 했지만 이제는 서로 거들떠보지도 않더라고요. 그렇다고 순복이가 다른 고양이들의 기강을 잡거나 하는 타입도 아니고요.

그래서 순복이와 다른 고양이들이 지내는 공간을 분리해서 키우는 거기도 해요. 아무래도 순복이가 나이도 가장 많고, 힘도 없어서 다른 고양이들과 함께 있으면 자기 영역도 못 지킬 것 같더라고요.

**지금도 모키네와 연궁이네가 각각 다른 방에 있는데, 원래도 다들 다른 공간에서 지내는군요. 순복이는 안방에서 생활하는 건가요? 거기서 어떤 루틴으로 지내나요?**

순복이의 스트레스 관리를 위해서 순복이를 안방에 분리해놓고 지내고 있어요. 한 3~4년 된 것 같네요. 순복이 화장실도 방에 함께 뒀고요. 사실 고양이들을 분리한 가장 큰 이유가 화장실 때문이었어요. 세력이 약하면 약할수록 화장실을 사용할 때 공격을 받게 되더라고요. 순복이가 화장실을 쓰려고 하면 애들이 공격하려고 준비하고 있고요.

아침에 저희가 일어나면 안방 문을 닫아둬요. 안방이 다른 고양이들에게는 미지의 영역이라 문을 열어두면 애들이 막 들

어가고 싶어 하거든요. 문이 닫혀 있으면 순복이가 안에서 나가고 싶다고 문을 긁어요. 그때 문을 열어주면 순복이가 거실에 나와서 다른 애들 사료도 먹고 자기가 좋아하는 공간에도 갔다가, 화장실에 가고 싶어지면 이번에는 밖에서 문을 긁죠. 그럼 다시 문을 열어주고.

순복이는 거의 저랑 비슷하게 잠자리에 들고 일어나는 것 같아요. 요즘에는 잠이 엄청 많아져서 이불 속에 파묻혀 지내는 시간이 길어졌어요. 좀 웃긴 게, 베개를 베고 옆으로 이렇게 누워 있어요. 너무 사람 같아요. 약간 저를 보는 것 같아요.

슬기 님을 보고 배웠을지도요.(웃음) 그런데 순복이 화장실이 방 안에 있으면 슬기 님과 남편분은 불편하지 않으세요? 두 분이 잠들었을 때 순복이가 화장실을 갈 수도 있잖아요. 그럼 발로 모래를 덮는 소리가 날 테고요.

그럴 때 있죠. 저는 괜찮아요. 너무 예전부터 이렇게 생활해서 많이 익숙해졌어요. 또 순복이가 나이를 먹고 나서 화장실 가는 텀이 굉장히 길어졌거든요. 그래서 밤에 화장실을 가는 경우가 거의 없어요. 좀 길게 참았다가 한번에 다녀오는 편이죠. 귀찮음이 화장실 가고 싶은 마음을 이긴 경우랄까요.

그렇군요. 순복이와 함께 사신 지 12년 정도 되신 건데, 처음에는 어떻게 만나셨나요?

원래 제가 음악을 했어요. 그때 뮤지션 라디 님의 회사에 소속되어 있었는데, 라디 님이 길고양이 임시보호를 많이 하셨어요. 소속사 사무실에 아기 고양이들이 많았죠. SBS 〈TV 동물농장〉에도 나올 정도로 유명했어요. 그런데 소속사가 해체될 상황이 닥쳐오면서 아티스트들이 사무실에 있던 고양이를 한 마리씩 데려가자는 이야기가 나온 거예요. 저도 그중 한 마리를 집에 데려올 생각으로 모든 준비를 마쳤는데, 때마침 의경으로 근무하던 친구가 수색을 하다가 새끼 고양이 네 마리를 발견했대요. 군인 신분이다 보니 고양이를 함부로 데려올 수가 없어서 며칠 지켜봤는데 다른 고양이들은 죽고 한 마리만 남았다고 하더라고요. 그게 순복이었어요.

고양이를 들일 준비와 생각을 마친 상태에서 페이스북에서 그 글을 보는데, 뭔가 운명처럼 느껴졌어요. 쟤를 데려와야겠다는 생각이 들었죠. 소속사 사무실에 있던 고양이들은 제가 아니더라도 라디 님이 계속 돌보면 되는 상황이었거든요. 친구에게 바로 연락해서 다음 날 순복이를 만났어요. 너무 작아서 깜짝 놀랐던 기억이 나요. 요만한 머그잔 박스에 담길 정도로 작았어요.

**순복이는 데려오자마자 잘 적응했나요?**

처음에는 제가 거주하던 공간이 아니라 작업실로 쓰던 곳에서 순복이를 키웠어요. 작업실에서 많은 시간을 보내는 편이니까

왔다 갔다 하면서 순복이를 챙겨줬죠. 돌이켜보면 그때 제가 너무 무지했어요. 그렇게 어린 고양이를 혼자 두면 안 되는 건데.

당시에는 저도 20대 초반이었기 때문에 고양이에 관한 지식이 정말 없었어요. 그렇다고 고양이 관련 콘텐츠가 많이 나올 때도 아니어서 더 잘 몰랐고요. 그래서 순복이는 저한테 오자마자 죽을 고비를 한 번 넘겼어요. 작업실에서 뭔가를 잘못 주워 먹는 바람에 목에 걸려서 안 나온 적이 있거든요. 그 뒤로는 잘 챙겨주려고 노력하긴 했지만, 상시적인 돌봄을 못 받는 상황에서 1년 정도 살다 보니까 순복이가 약간 애정 결핍을 느끼는 것 같았어요. 그 때문인지 크게 아팠던 적도 있고요.

언제, 어떻게 아팠나요?

아무래도 제가 어릴 때부터 순복이를 키우다 보니 주거 환경이 지금처럼 안정적이지 않았어요. 이사도 많이 다니고, 다른 고양이들과 같이 지내기도 하면서 순복이가 스트레스를 받는 상황이 많이 생겼던 것 같아요. 위가 안 좋아져서 한때 거의 매일 붉은 토를 한 적이 있어요. 당시 고양이 위내시경을 할 수 있는 병원이 많지 않아서 나응식 선생님이 계신 병원에도 찾아가고 그랬죠. 다행히 주거 환경이 안정되고 나니 자연스레 괜찮아졌어요.

최근 순복이 컨디션은 어때요?

얼마 전 건강검진을 받았는데, 나이가 많으니까 노화가 온 거 빼고는 관리만 잘해주면 어디가 크게 안 좋은 데는 없다고 하더라고요. 그런데 그냥 생활에서 느끼는 건, 순복이가 캣타워에 절대 안 올라간다는 거예요. 관절이 안 좋은지 침대나 소파에 올라가는 것도 좀 힘들어하는 편이에요. 예전에는 순복이가 진짜 활발하고 신경도 예민한 타입의 고양이였거든요. 지금은 좀 둔하기도 하고, 유해지기도 했어요.

어릴 때는 제 품에 잘 오지도 않았어요. 나이가 들면서 저한테 엄청 치근대게 됐죠. 열 살 넘어서 꾹꾹이를 시작했을 정도로요.

정말요? 성묘가 돼서 꾹꾹이를 시작할 수가 있군요. 저희 집 첫째 고양이는 저랑 친밀한 편인데도 태어나서 꾹꾹이를 단 한 번도 한 적이 없거든요. 신기해요.

순복이도 그전까지는 한 번도 꾹꾹이를 하지 않았어요. 지금도 자주 하는 건 아니에요. 진짜 가끔, 기분 좋을 때 제 품에서 할 때가 있죠.

어떤 경우에 순복이가 기분 좋아한다고 생각하세요?

저한테 치근대기 시작한 뒤로는, 제 품에 안겨서 제가 머리를 긁어줄 때 무척 좋아하는 것 같아요. 더 좋아하는 건 순복이가 밥을 먹는데 제가 몸을 만져줄 때예요. 어릴 때 순복이를 작업실에서 키웠다고 말씀드렸잖아요. 그때 제가 작업실에 가면 밥을 준다는 걸 아니까, 밥그릇 앞에서 기다리는 게 순복이의 루틴이었거든요. 아직도 그 습관이 남았는지 밥그릇 앞에만 가면 자기를 만져달라고 저를 기다려요. 빨리 오라는 듯 저를 쳐다보면서 밥을 안 먹고 있다가, 제가 만져줘야 밥을 먹어요.

나이 많은 고양이들은 식사량도 줄어든다고 하잖아요. 순복이는 밥을 잘 먹고 있나요?

다행히 식탐이 엄청 좋아요. 보통 고양이들 건강을 체크할 때 밥과 물을 얼마나 먹는지, 화장실을 어떻게 가는지 살펴보잖아요. 그것만 원활해도 괜찮다고 생각하는데 순복이는 아직 먹는 거나 화장실 가는 것 모두 문제없어요. 다만 예전에 위가 아팠던 게 아직 좀 남아 있어서 가끔 심하게 토할 때가 있긴 해요. 그래서 처방 사료를 꾸준히 먹이고 있어요.

처방 사료는 어떤 건가요?

'하이퍼알러제닉'이라는, 알레르기 관련 사료예요. 병원에서 수의사 선생님이 추천해주셔서 먹이고 있는데 순복이처럼 신장이나 위가 안 좋은 고양이한테 효과가 있다고 하더라고요. 그걸 꾸준히 먹여서 개선에 도움이 된 것 같아요.

순복이가 원래 큰 방에서 잘 안 나오는데, 방에서 나오는 유일한 시간이 다른 고양이들 사료가 남아 있는 때거든요. 처방식보다 다른 애들 사료가 맛있기도 하고, 종류도 네다섯 가지로 다양하다 보니 뷔페처럼 즐기더라고요.(웃음) 간식 먹을 때도 비슷한데 다른 애들은 취향이 엄청 확고해요. 그래서 애들마다 다양한 간식을 주는데 순복이는 애들이 먹고 남은 걸 다 조금씩 먹는 스타일이에요. 본인 간식을 모두 먹고 남아 있는 것까지 해치우는 먹성 짱 고양이죠.

순복이 성격이…… 정말 순하네요.

진짜 엄청 앙칼졌는데 언제 어떻게 저렇게 순해진 건지 신기해요.

고양이들이 여덟 마리나 있으니까 밥 주고, 화장실 청소하고, 놀아주고, 간식 주는 기본적인 돌봄만 해도 해야하는 일이 정말 많으실 것 같아요. 남편분과 어떻게 분담하고 계신가요?

남편이 저보다 위생에 엄청 까다로운 스타일이라 거의 남편이 하고 있어요. 저보다 민감도가 높기도 하고, 청소만큼은 저를 못 믿기도 해서 본인이 직접 다 해야 직성이 풀리는 거죠. 그런데 최근 연궁이네까지 집에 오면서 육묘 난이도가 높아졌어요. 물리적으로 해야 할 일이 너무 많아진 거예요. 이제는 좀 나눠서 해보자고 논의를 한 상태예요. 물론 그래도 남편이 고양이 관련 일을 더 많이 하긴 해요. 퍼센트로 따지면 제가 10퍼센트, 남편이 90퍼센트 정도인 것 같아요. 최근에는 제가 물 갈아주기, 사료 채워주기 등을 하고 화장실은 먼저 집에 들어온 사람이 치우는 방식으로 할 일을 분담하고 있어요.

**'고양이들이 아플 때는 누가, 어떻게 시간과 에너지를 돌봄에 할애해야 할까?'라는 걱정도 있으실 것 같은데요.**

다행히 남편은 프리랜서로 일해서 시간 조율이 가능해요. 저도 오프라인 숍을 운영하지만 거의 프리랜서 개념으로 일하다 보니 직장인보다는 일정 조정이 편하고요. 그런 걱정보다는, 그냥 고양이들이 아파하는 게 가장 무서워요. 어떻게 하면 덜 아프게 잘 보내줄 수 있을까, 생각해요. 다들 많이 아프지 않고 갈 수 있으면 좋겠어요. 가는 거야 당연히 피할 수 없는 일이지만요. 저는 죽음에 이르는 게 자연의 순리라고 생각하기 때문에 그걸 억지로 붙잡아보려고 악착같이 노력하고 싶지 않거든요.

**순복이의 노년을 맞이해서 앞으로 더 신경 써야겠다고 생각하시는 부분이 있을까요?**

관절이 많이 안 좋아 보여서 그 부분을 잘 살펴보는 거랑, 치아요. 순복이가 선천적으로 치아가 좋은 편이라고 하더라고요.

친구들과 함께 사는 고양이들만 봐도 치아가 안 좋아서 전체 발치를 하는 애들이 많거든요. 다만 순복이는 칫솔질을 하기 어려운 스타일이라 걱정이 돼요. 저렇게 순해 보여도 발톱 깎는 거나 칫솔질은 절대 못 하게 해요. 그럴 때는 완전 옛날처럼 앙칼진 모습이 나오죠. 아무튼 양치를 일상적으로 해주지 못하니까 건강검진을 꾸준히 하면서 그때그때 치석을 제거하거나, 다른 아픈 곳은 없는지 체크하려고 해요.

**그럼 발톱을 깎을 때도 병원에 가야 하나요?**

네, 그렇긴 한데 순복이가 한참 병원에 다닐 때 트라우마가 엄청 깊게 생겨서 병원에도 자주 가지는 못해요. 옛날에 순복이가 겁을 먹는 바람에 병원에서 돌아다니다가 수의사 선생님이 쓴 안경도 날아가고, 저는 결혼식을 6개월 정도 앞둔 상황에서 얼굴이 찢어진 적이 있어요. 저한테도 그 사건이 트라우마예요. 이후로 한동안은 캐리어에만 들어가도 순복이가 막 소변이랑 대변을 지리더라고요.

수의사 선생님도 순복이는 웬만하면 병원에 자주 데려오지 말라고 하셨어요. 기본적인 진료는 동영상 촬영으로 진행하고요. 병원에 가면 그 어떤 진료도 전부 마취를 해야 받을 수 있으니까요. 마취도 가스 마취밖에 할 수 없는데, 그게 심장에 엄청 안 좋아서 웬만하면 안 하는 게 좋다고 하더라고요. 근데 마취를 안 하면 진료를 볼 수가 없고…….

이제 순복이가 더 나이를 먹으면 병원에 가야 할 일이 지금보다 많아질 수 있잖아요. 이걸 어떻게 해야 하나, 고민이 깊으시겠어요.

맞아요. 늘 고민이에요. 수의사 선생님도 순복이는 캐리어에 들어가는 훈련을 계속 해야 한다고, 힘들어도 해야 한다고 하셨어요. 그래서 몇 년간 캐리어를 집에 꺼내놓고 생활한 적도 있어요. 그런데 순복이가 단 한 번도 들어가지 않았어요. 예전에는 간식으로라도 어떻게 해볼 수 있었는데 이제는 노이로제가 생겨버려서 간식으로도 안 되는 수준이 되어버린 거죠. 병원 가는 건 순복이한테 큰 숙제예요. 억지로 뭔가 하려고 하면 스트레스를 받고, 그럼 또 갑자기 구토 증세가 생기고, 순복이가 스트레스에 되게 취약한 타입인 것 같아요.

다른 한편으로는 순복이도 순복인데, 고양이가 총 여덟 마리니까 얘네가 아프면 어떻게 해야 하나 두려움이 커지고 있어요. 아직 잘 모르겠어요. 그냥 마음속으로 계속 다짐하는 것 같아요. 일상을 지내면서도 애들이 아플 때를 종종 상상하면서 담담해지려고 노력하는데, 잘 안되긴 해요.

그래도 순복이는 장수하고 있으니까요. 순복이의 장수 비결은 뭘까요?

DNA? 병원에 갔을 때 순복이가 선천적으로 건강하다는 이야기를 들었어요. 칫솔질을 못 해준 거에 비해 치아도 너무 튼튼하고 별문제 없다고 하시더라고요. 유전자 자체가 좀 건강하게 태어난 것 같다고, 그래서 순복이는 오래 살 것 같다고 수의사 선생님이 그러셨거든요.

보통 길에서 태어난 고양이들이 어릴 때 영양 섭취를 충분히 하지 못해서 체력이 약하거나, 아픈 경우가 있잖아요. 순복이는 건강하게 타고나서 정말 다행이네요.

저희는 순복이를 엄청나게 관리해주는 것도 아니고, 장수를 위해서 해주는 게 많지도 않아요. 어릴 때는 환경이 안 돼서, 지금은 다른 고양이들이 많다 보니까 순복이에게만 온전하게 애정을 주지는 못하고 있어요. 사실 순복이 한 마리만 키웠으면 지금보다 훨씬 더 좋은 것도 사주고 환경도 개선해주고 그랬을 것 같거든요. 그럼에도 불구하고 타고난 DNA 덕분에 순복이가 건강하게 지내는 거니까, 저희가 너무 축복받은 거죠.

그러고 보니 '순복'이라는 이름이 뭔가 장수를 기원하는 느낌이네요.(웃음) '순하고 복되게 오래 살아라' 같은…….

'순'과 '복'이 들어가니 아무래도 그런 느낌이죠.(웃음) 실은 순복이를 데려왔을 때 영화 〈코리아〉가 개봉했거든요. 한국 최초로 남북 단일팀을 구성해 세계 탁구 선수권을 치른 실화 배경인데 한예리 배우가 맡은 북한 선수 이름이 '류순복'이었어요. 그때 한예리 배우가 너무 매력적인 거예요. 고양이 이름을 고민하면서 '좀 촌스러운 이름 같은 걸로 짓고 싶다'라고 생각만 하고 있었는데 영화를 본 뒤에 그 이름이 마음에 들어서 '순복'이라고 짓게 됐어요. 딱히 장수를 염원하려고 지은 이름은 아니었지만 그런 느낌이 담겨 있어서 좋았나 싶기도 해요.

**순복이와 오랜 시간을 함께했지만 여전히 새롭게 발견하는 것도 있을까요?**

앞에서 말씀드린 것처럼, 예전에는 엄청 앙칼지고 예민한 고양이였는데 나이가 들면서 유해지고 사람 친화적으로 바뀌었다는 게 제게는 새로운 발견이었어요. 옛날에는 낯선 사람들이 집에 오면 어디론가 숨는 고양이였거든요. 한편으로는 예전의 모습이 그립기도 해요. 앙칼지고 신경질적인 모습, 장난감에도 잘 반응하던 모습을 다시 보고 싶어요. 옛날에는 순복이가 높은 데를 엄청 좋아했는데 이제는 캣타워에도 안 올라가니까 그런 걸 사줄 필요도 없어졌어요. 그게 너무 슬퍼요.

**순복이 성격이 둥글둥글해지면서 슬기 님과의 관계가 예전보다 좀 더 끈끈해지지 않았나요?**

맞아요, 그렇게 변했어요. 순복이가 저한테 많이 의지하는 타입의 고양이는 아니었거든요. 독립적이고 주체적인 스타일이었는데, 나이가 들면서 저한테 엄청 의지하는 게 느껴져요. 최근 1~2년 사이에 더 그렇게 된 것 같네요.

**반대로 슬기 님은 어떠세요? 순복이, 그리고 고양이들과 함께 살면서 어떤 점이 가장 많이 바뀌셨나요?**

저는 원래 동물을 무서워하는 사람이었어요. 어릴 때부터 동물들과 친하지 않았고, 고양이도 별로 볼 일이 없었어요. 강아지도 무서워해서 가까이 가지 못했는데, 이렇게 많은 고양이랑 살게 된 건 순복이 덕분이 아닐까 생각해요.
이렇게 고양이를 많이 키우면 안 힘든지 질문을 진짜 많이 받거든요. 물론 힘들어요, 하지만 여덟 마리가 있으니까 여덟 배의 행복이 있죠. 고양이, 혹은 더 넓게는 반려동물이 주는 행복을 알게 됐어요. 그게 제가 순복이를 키우면서 알게 된 가장 중요한 사실이에요.

**언제 가장 행복하신가요?**

아무것도 안 하고 누워 있을 때요. 그렇게 누워서 고양이들과 뒹굴뒹굴할 때가 가장 행복해요.

# 전문가 인터뷰

# 노령묘에 관해 궁금한 것들

# 궁금한 것들

김명철 수의사

고양이와 함께 살면 궁금한 게 많아진다. 우리 고양이가 오래 살기 위해서는 내가 무엇을 할 수 있을까? 오래 사는 고양이들에게는 공통적인 특징이 있을까? 혹시라도 고양이를 떠나보낸 뒤에 나는 어떤 마음으로 살아가야 할까? 후회 없는 나중을 위해 고양이와 어떤 시간을 보내야 할까? 어떤 존재를 사랑하게 된다는 건, 그에 관해 알고 싶은 것들이 늘어남과 동시에 그를 잃게 될까 봐 불안해하고 두려워하게 된다는 뜻이기도 하다.

　EBS 〈고양이를 부탁해〉로 우리에게 얼굴과 이름을 알리고, 현재는 유튜브 채널 〈미야옹철의 냥냥펀치〉를 통해 고양이에 관한 다양한 지식과 정보를 전해주는 김명철 수의사를 만나 궁금한 것들을 물었다. 그의 자택에서 진행된 인터뷰에는 김명철 수의사의 두 반려묘, 사모님과 애기씨도 함께했다. 〈고양이를 부탁해〉 출연 당시 만난 사모님과 그로부터 몇 개월 후 길에서 구조한 애기씨가 그들이다. 사모님과 애기씨를 바라볼 때 김명철 수의사의 얼굴은 어느 때보다 편안해 보였다.

제가 수의사님을 뵈러 간다고 하니까, 주변에 노령묘를 키우는 지인들이 궁금한 것들을 많이 물어보더라고요. 저 역시도 노령묘 두 마리와 함께 살고 있어서 여쭤보고 싶은 것이 많았고요.

고양이들이 지금 각각 몇 살인가요?

11세, 10세예요. 확실히 둘 다 최근에 잠도 많아지고, 둘째는 덩치가 크다 보니 캣폴에 올라가는 걸 어려워하긴 하더라고요.

둘 다 나이 드는 게 행동에서 조금씩 보일 때긴 하네요.

그런 것 같아요. 수의사님은 노령묘와 살아본 적이 있으신가요?

저는 노령묘와 직접 살아본 적이 없어요. 왜냐하면 첫째 고양이는 두 살이 되기 직전에 전염성 복막염으로 무지개다리를 건넜고, 그 뒤로 10여 년 만에 입양한 고양이가 사모님이랑 애기씨예요. 사모님과 함께한 지도 어느새 5년이 훌쩍 지났는데, 벌써 얘네가 여섯 살이 넘었더라고요. 애기씨도 월령은 더 늦지만 나이는 비슷하다고 추정돼요. 그래서 둘 다 곧 생애 전환기로 넘어가겠구나, 마음의 준비를 하고 있어요.

**사모님이랑 애기씨는 건강한가요?**

크게 아픈 곳은 없고, 컨디션도 계속 괜찮아요. 다만 애기씨는 원래 선천적으로 대퇴골두 쪽에 약간 염증이 있어요. 고관절이 좀 안 좋은 편이어서 앉을 때 보면 엉덩이를 살짝 빼고 앉죠. 걸어 다닐 때도 미세하게 오른쪽은 잘 안 움직이려고 하는 경우가 가끔 있고요. 통증 반응이 지금보다 더 심해지면 수술을 해야겠다고 생각하고 있어요. 이게 더 좋아질 수는 없거든요.

**고양이를 이렇게 좋아하시는데, 이전에 많이 안 키우셨다고 하니까 약간 의외인 것 같아요.**

중이 제 머리를 못 깎는다고, 첫째 고양이 아톰이 떠나고 나서는 시간이 없기도 했고 공간적인 제약도 있어서 키우는 게 오히려 죄를 짓는다는 생각이 들었어요. 당시 함께 살던 룸메이트가 아톰이랑 같이 사는 걸 많이 불편해했거든요. 그럴 만했던 게 애가 배뇨 실수를 여기저기 너무 심하게 했어요. 특히 제 친구 방이랑 전자제품 같은 데다가 실수를 한 거죠. 그리고 얼마 안 지나서 아톰이 전염성 복막염으로 죽고 나니, 정말 상황이 안 되면 처음부터 반려묘를 들이지 말아야겠다, 그 생각이 강하게 자리 잡았던 것 같아요. 그러다가 결혼도 하고 일하는 시간 자체도 줄어서 사모님을 데려오게 됐죠.

수의사님께서는 진료하시면서, 혹은 방송하시면서 노령묘들을 많이 보시잖아요. '우리 고양이들도 나이가 들면……'이라고 상상할 때 걱정이나 긴장이 되기도 하세요?

그건 반려인이라면 누구나 다 똑같을 것 같아요. 고양이가 나이 들었을 때 어떤 증상들이 나타날 수 있는지 저는 다른 분들보다 훨씬 많이 보잖아요. 그러니까 어떻게 보면 걱정 부자가 될 수도 있는 거죠. 이 나이쯤 되면 이 친구가 이런 질병이 생길 수도 있고, 저런 질병이 생길 수도 있고…… 여러 가지 걱정이 들어요.

그러네요. 제가 11세 이상 노령묘와 함께 사는 반려인들을 골고루 인터뷰하다 보니 고양이가 몇 살이든 간에 "우리 고양이가 장수 고양이라고요?" 하고 놀라시더라고요. 보통 몇 살 정도 되면 장수 고양이라고 얘기할 수 있을까요?

그래도 고양이들 평균 수명이 15세니까, 16세부터는 장수의 초입에 들어섰다고 볼 수 있지 않을까 싶어요. 인간 나이로 환산해보면 21세가 100살이거든요. 만약 우리 집 고양이가 21세다, 그러면 사실 마을 잔치를 해도 돼요. 옛날 사람들이 환갑잔치 했던 것처럼요.

수의사님께서 보신 고양이 중에 나이가 가장 많았던 고양이는 몇 살이었나요?

21세, 22세 고양이들은 그래도 두어 마리 본 것 같아요. 그리고 한국고양이수의사회 전 회장님이 키우는 고양이 밍키가 26세예요. 아마 한국 기네스북에 올라가 있는 걸로 알아요. 세계 기네스북 기록은 30세였던 것 같고요.

밍키 같은 장수묘들은 특별한 관리법이 있을까요?

제가 보기에는 그렇지 않은 것 같아요. 기본적으로 연령에 맞춘 사료를 계속 급여하고, 나이가 들어서 신부전 같은 게 왔을 때는 아무래도 보호자가 수의사다 보니 수액 처치 등을 좀 더 빠르고 적절하게 할 수 있으니까 장수가 가능하지 않았나 싶고요. 고양이가 사는 환경, 보호자가 관리하는 패턴 같은 것들이 고양이에게도 긍정적인 요인이 될 수 있겠다는 정도로 보긴 해요.

한편으로는 제가 인터뷰해보니까, 반려인들이 고양이가 아플 때 본인 탓을 많이 하는 것 같아요. 내가 너무 뭘 못했나, 다른 사람들에 비해 돌봄이 부족한가, 이런 죄책감을 많이 느끼세요.

그건 모든 보호자가 다 그런 것 같아요. 내가 아무리 잘해줘도

내 새끼가 아프면 '혹시 내가 뭘 조금 더 했으면 우리 애가 안 아프지 않았을까?' 이런 생각을 대부분 하시는 것 같고요. 물론 그중에는 진짜로 잘 못한 분도 계실 거고, 반대로 너무너무 잘 해주고 계신데도 어쩔 수 없이 애가 아픈 경우도 있을 거예요. 반반 정도가 아닐까 싶어요.

**그 점에서 노령묘와 함께 사는 분들이 이걸 궁금해하시더라고요. 장수 고양이들이 타고나는 특징이 있는지를요. 예를 들어 머리가 크고 몸집이 좀 있고, 이런 식으로 타고나는 특성이 있는지, 아니면 그런 건 없고 환경이나 돌봄이 더 중요하게 작용하는지 여쭙고 싶었어요.**

모든 게 종합적인 것 같아요. 일단 생김새를 놓고 고양이의 평균 수명을 말할 수는 없겠고요. 대신 품종별 평균 수명 차이는 있어요. 믹스면 상관이 없는데, 특정 품종이 가진 유전 질환이 있긴 하거든요. 가장 최근 논문에서는 스핑크스가 수명이 가장 짧고, 가장 긴 건 버미즈라고 하더라고요. 그래서 유전적 소인이 분명히 장수에 큰 영향을 미칠 것 같고요.

그러고 나서 추가로 환경적인 부분, 그리고 건강을 점검할 때 조기 진단할 수 있는 상황, 이런 요인도 분명히 있어서 전부 종합적인 것 같습니다.

그런데 환경적인 요인이라고 하는 건, 우리가 일반적으로 생각할 때는 그냥 잘 먹고 잘 살면 되는 거 아닌가 싶을 텐데, 지

금까지 제가 봤을 때는 고양이가 스트레스에 좀 취약한 편이에요. 그리고 지금 실내 공간에서만 고양이들이 살고 있잖아요. 이 친구들 각각이 가지고 있는 야생성이 조금씩 차이는 있지만 강한 편인데, 이 부분이 고양이에 맞춰서 잘 제공되지 않으면 스트레스성 질환이 높은 확률로 발생해요. 면역 질환이라거나 특발성 방광염 같은 염증 질환 등이죠. 고양이 습성에 맞춰진 실내 생활 환경, 고양이가 해소하고 싶은 부분에 대한 행동 풍부화도 수명에 분명 영향을 끼친다고 봅니다.

고양이가 7세부터 생애 전환기에 접어든다고 말씀하셨잖아요. '7세면 아직 어린 거 아닌가?'라고 생각했거든요. 이때부터는 어떤 부분에 신경을 써야 할까요?

7세부터는 사람으로 치면 생활습관병 같은 것들이 잘 발생하기 시작해요. 사람 나이로 40대에 접어드는 거거든요. 그전에는 없던 당뇨, 암, 이런 것들의 발생률이 드라마틱하게 높아져요. 그 시기부터는 비만 상태나 스트레스 상황 같은 것들이 몸으로 바로 나타날 수 있는 거죠. 이때부터 집중 관리를 하기 시작하면 만성 질환들에 대해서는 예방 관리가 가능한 타이밍이기도 합니다. 이때 관리를 못하면 11세 이후부터는 질환이나 질병이 그냥 빵빵 터질 수도 있어요.

그럼 그때부터 건강검진을 자주 받는 게 좋을까요?

국제고양이수의사회 기준으로 보면, 10세까지는 1년 단위로 건강검진을 추천하고요. 사람으로 치면 그게 4년에 한 번씩 하는 거예요. 이 정도 간격으로 건강검진을 하다 보면 분명히 취약한 부분이 발견돼요. 그래서 특정 신장 수치가 좀 높다거나, 병원에 갈 때마다 혈당이 높다거나 이런 점들이 있으면 3개월 혹은 6개월 단위로 계속 추적 관찰을 해야 해요. 그렇게 검진 주기를 조정하기 위해서는 최소 1년 단위로 건강검진을 해야 하고, 11세에 딱 접어들었을 때부터는 6개월 단위를 추천해요. 인간 시간으로 따지면 2년 단위로 건강을 체크한다고 보면 되는 거죠.

**노령묘와 함께 사는 분들은 크게 세 가지 걱정을 하는 것 같아요. 첫째, 밥을 예전만큼 안 먹는다. 둘째, 물을 예전만큼 안 마신다. 셋째, 놀이를 예전만큼 안 한다. 이건 어떻게 대처할 수 있을까요?**

세 가지가 사실은 다 연결되어 있어요. 놀이 반응이 떨어졌다는 건 활동성이 떨어졌다는 거고, 활동성이 떨어지다 보니까 하루에 필요한 칼로리 자체도 낮아져요. 그렇다 보니 먹고 마시는 양도 줄어드는 거고요. 그런데 아마 생각보다 체중 감소는 별로 없을 거예요. 안 움직이고 덜 먹는다는 건데, 나이 들기 시작하면 고양이들의 사냥 본능이 예전 같지 않아요. 조금씩 떨어지는 게 평균적이지만 그렇다고 해서 사냥 놀이를 아예 안

한다는 건 아니거든요. 예전처럼 지속력이 길지 않다거나 폭발적인 활동성을 보이지 않는다는 정도지 아예 사냥에 관심이 없는 건 아니에요.

하지만 고양이들이 10세를 넘어가기 시작하면 노령묘 단계가 되면서 약간의 관절염 소인들이 확인되는데, 이걸 고양이한테 "움직일 때마다 쑤시고 좀 뻐근하니?"라고 직접 물어볼 수는 없잖아요. 엑스레이로 보면 10세 이상의 고양이들에게서는 절반 이상 관절염 소인이 나타나거든요. 엑스레이상으로 뭔가 보인다는 건 전부터 어느 정도의 통증을 느끼는데, 이 친구들이 표현하지 않는다, 최대한 감추고 있다는 거예요.

그래서 무엇보다도, 고양이들이 나이 들기 시작하면 신경 써서 체중을 관리해야 해요. 비만이 관절염에 마이너스 요소가 되거든요. 여기에 더해서 이 친구의 활동성이 눈에 띄게 줄었다, 라고 한다면 진통 관리는 굉장히 중요해요. 삶의 질 문제잖아요. 통증이 줄어들면 확실히 움직임이 더 활발해지고 놀이 반응성이 좋아지거든요. 그 부분에 대해 얼마만큼, 어떤 수의사와 소통하면서 관리할 것인가를 고민해야 해요.

사료 역시 전 연령용으로 쭉 먹이는 것보다는 나이대에 맞춘 사료로 최대한 변경해가는 게 영양학적으로도 고양이들한테 이점이 많다고 볼 수 있습니다. 필요한 영양 성분도, 소화 흡수 능력도 달라지니까요.

**저희 집 둘째 고양이가 10세인데 굉장히 통통해요. 특히**

배가 두둑해서 그루밍을 할 때 한 발로 자기 배를 자기가 들어 올릴 정도인데요, 좀 걱정되더라고요. 그렇다고 체중 관리용 사료를 주면 너무 안 먹으니까 마음이 아프고요.

꼭 처방식이 아니더라도 연령별 맞춤 사료 정도로 먹는 양을 조절하면 돼요. 잘 먹는 걸 덜 먹으면 살이 빠집니다. 기존 사료를 덜 주시면 아마 고양이도 활력이 넘칠 거예요. 배가 고파지면 각성하는 게 사람이랑 똑같습니다.

최근에는 그런 논문이 나왔어요. 약간의 과체중 고양이가 평균 수명이 길대요. 하지만 '약간'일 경우고, 그냥 과체중인 친구들은 수명이 짧아진대요. 약간 통통한 정도는 우리 고양이가 더 오래 사는 데 도움이 될 수 있다고 할 만한 근거가 나왔지만, 그냥 과체중은 아닙니다.

그 사실을 저희 둘째 고양이한테도 잘 전해주고 싶네요.(웃음) 고양이의 수명을 늘리기 위해서 양치도 굉장히 중요하다고 알고 있어요. 그런데 많은 반려인이 양치질을 어려워하고, 그러다 고양이들이 노령묘가 되어버리는 경우가 많더라고요.

그러니까 사실은, 우리 집 고양이를 이제 막 입양했고 3개월 정도가 됐다, 그러면 무조건 양치를 성공해야 해요. 이때가 평생

중 교육 난이도가 가장 낮은 시기거든요. 여기서 한 달씩 늘어나면 늘어날수록 난이도는 쭉 올라가는 거예요. 이 시기에는 기본적인 교육 영상을 보시고 양치를 반드시 성공해야 한다고 생각하면서 접근해야 하고요. 입 만지기, 칫솔로 간식 주기, 이런 과정을 한 달 단위로 길게, 긍정 강화를 하면서 양치를 진행하셔야 해요.

1세부터는 성묘로 넘어가기 때문에 교육이 쉽게 되는 나이는 아니에요. 그런데 제가 정말 대단하다고 생각한 어떤 분은 길고양이었던 성묘를 입양한 거예요. 당연히 고양이가 양치를 너무 싫어하는 상황이었는데 딱 1년 2개월 만에 성공하시더라고요. 결국 성묘라고 해도 양치 교육에서 긍정 강화를 해야 한다는 건 변함이 없어요. 대신 시간을 더 길게 가져가는 것, 그리고 매일 같은 시간대에 교육을 진행하는 것, 그러니까 최대한 패턴화하고 이 친구가 최대한 불안감이 없는 상태에서 교육을 진행하는 게 중요해요.

### 긍정 강화를 어떻게 할 수 있을까요?

처음에는 칫솔 자체를 간식 주는 용으로 시작해야 그나마 양치 성공률이 높아져요. 한 달간은 칫솔로 간식만 줘도 상관없어요. 고양이들이 칫솔을 좋아하게 되면, 다음에 칫솔을 꺼냈을 때 애들이 먼저 반응할 수 있거든요. '저게 나와야 내가 간식을 먹는다' 이 개념을 만드는 거죠.

그다음에는 입을 한 번 만지고 간식 주고, 입을 살짝 눌러서 만지고 간식 주고, 이 정도가 연습이 되어야 하고 이걸 한 달 동안 했으면 그다음에는 간식을 주면서 칫솔 끝이 자꾸 움직이는 것에 적응하게 해야 해요. 이걸 성공하고 나면 가장 양치하기 쉬운 이빨이 송곳니니까 송곳니 정도만 칫솔로 쓱쓱 닦고 간식을 주는 식으로 넘어가요. 그다음으로는 어금니 쪽을 한두 번씩 쓱쓱 밀고 나와보고요. 이걸 매일, 계속하는 게 가장 중요해요.

빗질이나 발톱 깎기를 싫어하는 고양이들도 비슷해요. 팁 하나를 드리자면 이 친구한테 애착 공간을 하나 확실하게 만들어 주는 게 좋아요. 원래 형성돼 있는 애착 공간은 대부분 박스일 거예요. 애착 박스에 갔을 때 애들이 가장 편안해하니까 매일 비슷한 시간에 그 박스에서 간식을 주면서 시작하면 됩니다. 거기서부터 교육을 시작하면 성공률을 높일 수 있어요.

여기에 하나 더 추가하자면, 동물병원에 갈 때 고양이 안정제를 처방받는 경우가 있는데 그 안정제를 교육용으로도 활용할 수 있거든요. 안정제를 먹이고 두 시간 정도 지난 뒤에 교육을 진행하면 잘 되기도 해요. 애들이 발톱 깎는 걸 싫어하는 이유는 사실 공포심 때문이거든요. 우리도 어릴 때 누가 손톱을 잘라주면 혹시라도 살 밑이 찍힐까, 잘릴까 하는 막연한 불안감을 느꼈잖아요. 고양이들도 그와 똑같은 느낌을 갖는 거라서 그 부분에 대한 거부감, 불안감, 공포심을 점점 덜어내는 것, 그러면서 이 행위를 오히려 즐기게 하는 거죠.

**지구력이 필요한 거네요.**

네, 물론 3개월령까지는 가르쳐주는 걸 스펀지처럼 흡수하니까 지구력이 필요 없어요. 그 뒤로 사회화 시기로 넘어가면 고양이들이 생존에 위협이 된다고 생각해서 양치, 발톱 깎기 같은 걸 거부하는 거라 '네가 이걸 즐겼을 때 오히려 재밌는 시간이 될 거야'라는 걸 알려줘야 해요. 보호자와 나름 교감하는 시간이라는 개념으로 접근해야죠.

긍정 강화 교육도 애들마다 받아들이는 속도에 차이는 있겠지만, 평소에 보호자와 스킨십을 잘 즐길 수 있는 정도의 고양이라고 한다면 양치나 발톱 깎기에 성공하는 건 얼마나 시간을 들이느냐의 영역이긴 합니다.

**애기씨랑 사모님은 양치를 잘하는 편인가요?**

네, 나쁘진 않아요. 그런데 우리 고양이가 양치를 못한다고 너무 고민하지 않으셔도 되는 게, 양치가 어렵다면 주기적으로 병원에서 스케일링을 하면서 관리하면 돼요. 그 정도만 관리해도 구강 질환은 그렇게까지 걱정 안 하셔도 됩니다.

**보통 노령묘 반려인들이 가장 걱정하는 게 마취 문제이기도 한데요.**

제가 생각할 때는 마취도 동물병원 바이 동물병원인 것 같아요. 마취를 할 때 얼마만큼 안전 요소를 잘 지키느냐에 따라서 마취 위험도는 천차만별이고요.

원래 한국에는 (동물) 마취과가 없었어요. 그런데 몇 년 전부터 서울대 외과실에서 마취를 전공한 수의사 선생님들이 배출되기 시작했거든요. 이분들은 정말 마취만 담당해요. 마취약이 안전한지, 마취할 때 어떤 걸 모니터링할지, 마취 중에 혹시라도 기본 수치들에 변동이 생기면 어떻게 응급 약물로 대응할지 등등.

또 마취과 선생님들은 기본적으로 고양이들을 사전 검사할 때 마취에 대한 위험도를 평가해요. 그건 단순히 나이만으로 평가하는 게 아니라, 이 친구가 가지고 있는 기본 생체 능력을 보고 판단하는 거예요. '우리 집 고양이는 11세니까 마취 못 하겠지' 이건 아니라는 거죠. 기저질환이 없고 심폐 기능에 특별한 이상이 없으면 이 친구는 신장 기능이 조금 떨어진 7세 고양이보다도 안전하게 마취할 수 있거든요. 그 평가에 따라 마취 전에 얼마만큼 수액을 놓을 거냐, 마취 중에 어떻게 혈압을 잘 유지할 거냐 이런 부분까지 다 확인한다면 마취가 그렇게 위험한 개념이 아니에요.

마취학 전공의가 있는 병원에는 표시가 되어 있나요?

병원 홈페이지에 들어가서 확인해야 해요. 그리고 서울 외 지역에는 거의 없어요. 아직은 절대적으로 마취학 전공의 숫자가 적기도 하고, 동물병원에서는 어떻게 보면 전공의가 없어도 수술할 수 있고, 있으면 더 좋다는 개념이잖아요. 또, 마취학 전공의가 있으면 추가로 페이를 지급해야 하죠. 그렇다 보니 일반 병원보다 진료비가 더 올라갈 수밖에 없어요. 보통 규모의 병원에서는 마취학 전공의를 아예 고용할 수가 없고요.

**병원 규모가 좀 커야 가능하겠네요.**

네, 그렇기도 한데 규모가 크다고 해서 마취학 전공의가 다 있는 것도 아니에요. 수의학도 계속 발전하는 과정이라서 이런 부분이 완전히 보편화되기까지는 시간이 좀 걸리네요.

**노령묘라고 할 때 '이런 증상이 보이면 빨리 병원에 가야 한다'라는 게 있을까요?**

첫 번째는 SRRSleeping Respiratory Rate이라고 해서 고양이들이 완전히 자거나 쉬고 있을 때 호흡수, 그러니까 그게 분당 30회가 넘어가면 심장 질환 또는 폐 기능 저하 같은 문제가 있을 수 있어서 응급 상황이고요. 평소보다 소변 양이 늘어나고 물 마시는 양이 늘어났다고 하면 신부전 또는 당뇨 증상일 수 있어서 이것도 빨리 병원에 가야 하는 상황입니다.

다른 하나는 우리 고양이가 회춘했다, 갑자기 뭔가 활력이 넘친다, 몸매도 좋아졌다, 요새 컨디션이 너무 좋아 보인다, 그럴 경우에 갑상샘 기능 항진증일 수 있어요. 갑상샘 호르몬의 농도가 높아지는 건데, 그렇게 되면 전신 장기에 영향을 끼쳐요. 만약 살이 빠져서 병원에 갈 정도가 되면 간 수치는 엄청나게 올라가 있고요. 고혈압도 동반할 수 있고 여러 가지 문제가 함께 따라오기 때문에 빨리 호르몬 관리를 해줘야 합니다. 갑상샘 기능 항진증은 약만 먹으면 바로 정상 상태가 될 수 있어서 조기 진단이 정말 중요하거든요.

반려인들이 그걸 알아채기가 쉽지 않을 것 같아요. '우리 고양이 요새 활력 있고 건강하네' 이렇게만 생각하고 넘어가지 않을까 싶은데요.

그런데 식욕이 늘고요, 그에 비해 살은 빠져요. 초반에는 잘 먹고, 살 빠지고, 밤에 잘 뛰고, '우다다'까지 한다는 느낌인데 더 진행되면 구토, 설사 이런 것도 동반되거든요. 그래서 11세부터는 필수로 갑상샘 기능 호르몬 농도도 체크해야 해요.

그렇군요. 노령묘들이 아플 때 반려인들이 가장 어려워하는 것 중 하나가 본인의 마음을 돌보는 일이 아닐까 싶어요. 어쨌든 고양이를 간병해야 하고, 돌봄은 한 번 하고 끝나는 게 아니라 지속적이잖아요. 특히 '얘가 나 때문에 아픈 걸까' 죄책감을 갖는 것, 돌봄 과정에서 도리어

본인을 돌보기가 어려운 경우가 많은 것 같더라고요. 반려묘, 특히 노령묘가 아플 때 반려인들이 어떤 마음가짐이나 태도를 가지면 좋을지도 궁금해요.

그런 상황은 비행기에서 산소마스크를 써야 하는 상황과 같다고 생각해요. 내가 먼저 쓰고 내 옆에 있는 사람에게 마스크를 씌워줘야 하는 것처럼, 결국은 '반려'라는 개념으로 볼 때 고양이가 나를 반려할 수 없고 내가 전적으로 고양이를 책임지는 거잖아요. 내 마음을 내가 먼저 챙기지 못하면 절대 고양이한테 100퍼센트를 해줄 수 없어요.

모든 고양이는 결국 노령묘가 됩니다. 그러니 고양이가 7세 정도가 되면, 모든 반려인이 예방 접종하듯이 '우리 집 고양이는 이제 조금씩 늙어가겠지. 늙는 게 사람보다 빠르고 몸에도 바로 나타나겠지'라고 꼭 한번은 생각해보셨으면 해요. 고양이는 워낙 얼굴로 거짓말을 잘하잖아요. 아픈 티를 하나도 안 내고, 얼굴이 항상 동안이라 거기에 속기 쉬운데 고양이 나이를 사람 나이로 한 번씩 환산해보시면 확실히 좀 감이 오실 거예요.

또 고양이의 투병 생활을 함께해야 하는 상황이 올 수 있는데 그건 정말 힘들거든요. 고양이가 당뇨에 걸렸다고 하면 집에서 하루에 두 번 인슐린 주사 처치를 필수로 해야 하고, 저혈당이 올까 봐 걱정되니 하루에 최소 네 번은 혈당 체크도 해야 하는데 그러면 그때부터는 진짜 일상이 그냥 없어져요. 그런 가능성도 있을 수 있다는 사실에 대해서 반드시 생각해봐야 하는 부분인 것 같아요. 그렇게 되면 사람인지라 지치는 건 사실이니까, 돌봄을 나눠질 수 있는 다른 사람이 있다면 가장 좋겠죠. 만약 혼자서 돌봄을 도맡아야 하는 상황이라면 저는 심리상담을 받는 것까지도 필요하다고 봐요. 우울증에 빠지기 너무 쉽거든요.

저 같은 경우는 얼마 전에 부모님 댁에서 살던 고양이가 20세 정도 되어서 무지개다리를 건넜어요. 그 뒤로 부모님도 굉장히 혼란스러워하고 힘들어하셨거든요. 인터뷰 초반에 수의사님께서도 아톰과 이별한 이야기를 해주셨잖아요. 고양이들이 나이를 먹고 세상을 떠나는 일을 반려인들이 반드시 겪는데, 그럴 때는 어떻게 견디는 게 좋을까요? 견디거나 극복한다는 표현이 딱 들어맞지는 않는 것 같지만요.

애도하는 방법도 시대 흐름과 같이 가는 것 같아요. 돌이켜 생각해보면 저는 아톰이 무지개다리를 건넜을 때 그냥 무식하게 힘들어했거든요. 맨날 술 마시고. 당시에는 '펫로스 증후군'이라는 말 자체가 없었어요. 그때는 동물을 반려해보지 않은 사람들이 "쟤 왜 저래? 왜 동물이 죽은 걸 가지고 유난 떨어?"라고 하는 시기였죠. 그러니까 어디 가서 반려동물을 잃은 슬픔을 말할 수도 없는 거예요. 지금은 사회 분위기가 그렇지 않잖아요. 누군가 반려동물을 잃었다면 그것이 인간 가족을 잃은 것에 준

해서 정신적인 충격이 크다는 사실도 충분히 알고 있고, 정신과
에서도 거기에 맞춘 상담이나 치료가 같이 진행되고요.

이별의 슬픔에 대한 회복 탄력성은 사람마다 차이가 있겠지
만, 내가 일상생활이 힘들 만큼 매일 이 친구 때문에 괴롭고 고
통스러운 시간이 한 달 이상 계속된다면 이때는 전문가의 도움
과 치료가 필요한 시기라고 생각해요.

> 두 마리 이상의 고양이와 함께 살다가 일부가 무지개다
> 리를 건넜을 때, 남은 고양이를 어떻게 보살펴줘야 할지
> 고민도 들어요. 고양이들이 죽음이라는 개념을 어떻게
> 받아들일지, 같이 살던 고양이가 없어졌다는 데 이상한
> 기분을 느낄 수도 있을 것 같고요.

두 가지 경우가 있어요. 둘 사이가 엄청 좋았던 경우, 맨날 붙
어 다니고 서로 그루밍도 해주고 잘 때도 붙어 자던 사이였다
면 한 고양이가 없어지면 남은 고양이가 초반에 많이 불안해해
요. 일상의 패턴이 깨진 거니까요. 이런 경우에는 보호자가 고
양이의 생활 루틴이 깨지지 않도록 최대한 관리하는 게 중요하
고요.

반대로 둘 사이가 데면데면한 정도였던 애들은 오히려 남은
아이가 신날 수도 있어요. 다만 슬픔 때문에 보호자의 루틴이
깨졌을 때 고양이가 '왜 오늘은 사냥 놀이를 안 해주지?' '왜 오
늘은 평소보다 스킨십을 잘 안 해주지?'라는 의문을 가질 수 있

는 거죠. 이런 것들이 쌓이면 남은 고양이가 식욕부진 상태에 빠진다거나 아픈 상황으로 넘어갈 수도 있고요.

**반려묘가 장수하기 위해서 무엇이 가장 중요할까요?**

타고난 건 어쩔 수 없다고 생각합니다. 각자 기본적인 유전 소인은 어쩔 수 없는 부분이고, 이후의 과정에서 '우리가 뭘 해줄 수 있을까'라고 한다면 가장 중요한 건 고양이 습성에 맞춘 안정감 있는 일상을 선물하는 거예요. 고양이는 칸트 같은 친구들이어서 매일 같은 패턴이 깨지지 않아야 편안함을 느껴요.

추가로 이 친구들은 사냥 본능과 야생성도 있으니까 무서우면 숨을 수 있고, 주변을 살피고 싶으면 올라갈 수 있고, 사냥을 하고 싶을 때 충분히 재미있는 놀이가 제공되는 것, 이런 매일의 생활 루틴도 있어야 하고요.

사람들은 타인과 사회적인 관계를 맺는 것도 중요하지만, 고양이는 특별히 그게 중요하지는 않거든요. 보호자와의 관계성 정도가 중요하죠. 매일 반복되는 익숙함, 고양이 기준으로 봤을 때 스트레스받지 않을 만한 환경이 제공되는 것, 여기에 더해서 우리가 얼마만큼 건강을 꼼꼼하게 계속 체크해서 조기에 진단하고 빨리 대응하고 치료할 것인지가 장수에 영향을 끼쳐요.

그런 의미에서 특히 체중은 우리가 미리 잘 관리해주는 게 고양이를 장수하게 만드는 정말 큰 성공 포인트가 되겠지요.

**고양이의 체중 관리에 대해서 저 역시 경각심을 갖게 되네요.**

비만이 고양이 평균 수명에 1.1세 차이를 낸다고 해요. 사람으로 치면 5년 차이인 건데, 평균 수명 5년을 늘리는 건 정말 힘든 일이거든요. 이렇게 생각하면 체중은 더더욱 잘 관리해줘야 하는 부분인 거죠.

그리고 살이 찌면 움직임도 줄지만, 일상생활 역시 썩 만족스럽지 않을 수도 있어요. 관절에 통증이 오면서 활동성이 줄고, 그래서 살이 찌는 걸 수도 있고요. 요즘은 진통을 관리할 수 있는 약들이 많이 나오고 있어서 그래도 다행인 것 같아요. 결국 시장이 커지려면 수요가 생겨야 하는데, 이제 한국에도 노령묘 비율이 꽤 늘고 있어서 예전에는 불가능했던 일들이 많이 가능해졌어요.

**예를 들면 어떤 것일까요?**

이를테면 갑상샘 기능 항진증 처방식이 한국에 한 7년 전에 들어왔다가 철수했어요. 수요가 없어서 너무 안 팔리니까요. 그런데 얼마 전 다시 판매를 시작했어요. 약 5년 전부터는 방사선을 통해 갑상샘 치료를 할 수 있게 됐고요. 우리가 고양이들에게 해줄 수 있는 일들이 늘어나고 있는 거예요.

앞에서 말씀드린 제 첫 번째 고양이는 전염성 복막염으로

10년도 훨씬 전에 죽었는데, 지금이라면 완치할 수 있는 병이거든요. 바이러스 질환이니까 그냥 주사 처치만 하면 돼요. 제아내의 첫 고양이였던 '꽃냥이'라는 친구는 요관 결석과 신부전이 심하게 겹쳐서 무지개다리를 건넜지만, 지금이라면 적용할 수 있는 수술법이 세 가지 정도는 있고요.

기술이 발전하는 것처럼 수의학도 치료 옵션이 계속 늘어나고 있어서 보호자들도 그 부분을 인지해야 해요. 5년 전에는 치료할 수 없었던 병이 지금은 치료 가능해졌을 수도 있으니까요. 치료 옵션도 서울 중심으로 먼저 발달하고 있다는 게 아쉽긴 하지만요.

> 건강 관리 외에, 노령묘와 함께 사는 반려인들이 유의해야 할 점이 또 있을까요?

우리 고양이가 노령묘 단계에 접어들었을 때 새로운 고양이 입양은 안 하시면 좋겠어요. 노령묘들은 자기 몸을 건사하기도 힘든데, 에너지 넘치는 새끼 고양이가 들어오면 너무 버거워하거든요. 노령묘가 스트레스를 많이 받아요.

특히 보호자가 집에 없는 시간에는 더 힘들죠. 그 공간에서 움직이는 유일한 존재가 나이 든 고양이다 보니 새끼 고양이들이 가서 걔네를 계속 귀찮게 하거든요. 그때부터는 완전히 독박 육아 상황인 거예요. 우리 집 고양이가 7세 이상인데 어린 고양이를 새로 입양하는 건 보호자가 집에 상주할 수 있을 때만 신중히 판단해야 해요. 예를 들어 프리랜서여서 집에서 고양이를 계속 돌볼 수 있거나 가족 중 누군가가 계속 집에 있는 상황이 아니라면 저는 추천하지 않습니다.

제가 2023년에 아기 고양이를 3개월 정도 임시보호했거든요. 그때 원래 집에 있던 노령묘들이 스트레스를 많이 받았는지 구내염까지 생기더라고요. 제가 거의 하루 종일 집에 함께 있었음에도 불구하고요. 애들한테 좀 미안했어요.

왜냐하면 원래 있던 친구들 입장에서는 아기 고양이로 인해서 일상이 너무 다이나믹하게 바뀐 거거든요. 그나마 보호자가 같이 있는 상황이어서 그 정도로 끝났을 것 같고, 그게 아니었다면 노령묘 둘 중 하나는 식음 전폐 단계로 넘어갔을 수도 있어요. 그런 경우가 꽤 많아요.

고양이에게 맞는 평온한 일상을 매일 잘 지켜주는 게 중요하다는 사실을 다시 떠올리게 되네요. 반려인이 고양이를 돌볼 때 '나중에 얘네가 무지개다리를 건너고 나서 후회하지 않았으면 좋겠다'는 생각도 많이 하는 것 같아요. 수의사님께서도 사모님과 애기씨의 마지막을 떠올렸을 때 후회하지 않기 위해 어떻게 시간을 보내고 싶다거나, 어떤 경험을 만들어주고 싶다거나 하는 생각을 하시나요?

그런 게 특별히 있지는 않은 것 같아요. 특별한 경험이 고양이한테 좋은 경험이라고 생각하지는 않거든요. 특별한 걸 주고 싶은 우리의 욕심과 저 친구들이 받고 싶은 것에는 좀 차이가 있어요. 저는 계절이 바뀌면 산책하다가 풀 같은 걸 한 번씩 가져와서 애들한테 냄새를 맡게 해주는 일 정도를 하죠.

가능하면 고양이들의 일상이 안 깨지게 해주려고 해요. 어제는 해줬는데 오늘은 못 해준 것들을 시간이 지난 뒤에 가장 후회할 것 같아요. 하루하루 일상을 어떻게 잘 보내게 해줄 것인가, 어떻게 변함없이 보내게 해줄 것인가가 가장 중요해요.

# 아마도 나의
# 마지막 고양이

11세

모모와

정지연

모모는 홍대 앞 동네 문화 잡지 『스트리트 H』의 사무실에서 생활하는 반려묘다. 정지연 편집장과 장성환 발행인 부부가 2014년 처음 아파트 단지에서 발견해 데려온 뒤, 약 10년째 사무실의 구성원으로 당당히 자기 자리를 차지하고 있다. 직원들이 사용하는 책상 위, 모니터 앞, 직원들의 무릎 위가 모모의 휴식처이고 회의실, 사무실 복도는 모모의 놀이터다. 심지어 모모는 "나이도 있고 묵직한 생김새"(장성환) 덕분에 '부장'이라는 어엿한 직급까지 달고 있다.

모모가 이 사무실에서 오랫동안 편안하게 살아갈 수 있는 것은 아무래도 『스트리트 H』 사람들의 애정 덕분이다. 사무실 벽에는 모모의 캐릭터가 그려진 스티커와 인포그래픽 포스터 등이 군데군데 붙어 있었고, 모모에게 잘 어울리는 귀여운 작은 모자들과 장난감, 박스와 쿠션 등도 구석구석 놓여 있었다. 인터뷰 내내 정지연 편집장은 모모가 자신의 심한 장난 때문에 삐치는 모습이 얼마나 귀여운지, 고관절이 유연한 모모 특유의 엎드린 포즈가 얼마나 독특하고 사랑스러운지 무척이나 구체적으로 설명했다. 몇몇 에디터와 디자이너들은 사진 촬영이 진행되는 동안 모모를 바라보며 웃음을 거두지 못했다. 모모는 여러 사람과의 관계 속에서 나이 들어가고 있다.

**편집장님은 댁에서도 반려묘들과 함께 살고 계시죠?**

열일곱 살 뽕이, 열다섯 살 나나랑 같이 살고 있어요. 첫 고양이였던 토토가 세상을 떠난 지 벌써 4년 정도 됐으니 고양이와 함께 산 지는 20년이 넘었네요.

**뽕이랑 나나는 건강한가요?**

뽕이는 나이가 들면 찾아오는 일반적인 증상들이 좀 있는 것 같고요, 나나는 갑상샘 기능 항진증이 있어서 아침저녁으로 약을 먹고 있어요.

**댁에서도 사무실에서도 반려묘 돌봄을 하고 계신 거네요.**

그렇긴 한데 제가 고양이들을 지극정성으로 챙기는 타입은 아니에요. 모모 같은 경우에는 눈곱 떼고, 코딱지 떼고, 귀를 뒤집어 봤을 때 지저분하면 귀지를 닦아주는 정도로 보살피고 있어요. 모모는 허피스가 약간 있거든요. 그러다 보니 항상 눈곱이 껴 있어. 아무래도 사무실에서 살다 보니 먼지 때문인지 코딱지도 생기고요. 모모가 싫어하는 돌봄을 제가 주로 도맡고 있죠. 오늘 아침에는 물티슈로 얼굴을 한번 닦아줬는데 그렇게 짜증은 안 내네요.(웃음)

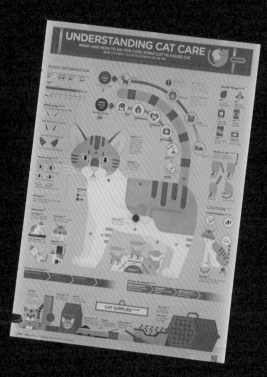

### 모모와는 언제, 어디서 처음 만나셨나요?

모모는 저희 아파트에서 구조했어요. 저희 집에 온 건 2014년, 제가 모모를 아파트 화단에서 처음 본 건 2013년이었어요. 지금은 아닌데, 봄이 되면 아파트 화단에 모르는 새끼 고양이들이 서너 마리씩 보이기 시작했어요. 다른 애들은 인간에 대한 경계심이 있어서 밥 줄 때만 오고, 조금만 더 가까이 다가가면 휙 도망가는데 얘는 경계심이 별로 없더라고요.

그렇게 오며 가며 모모를 챙겼는데 한 달 정도 모모가 안 보였어요. 다시 만났을 때 녀석의 한쪽 귀가 반은 잘려 있더라고요. TNR 표시였죠. 다행히 방사되고서도 다른 고양이들과 무리 지어 다니며 잘 지내더라고요. 그런데 아이들이 무탈한 것과는 별개로 아파트 관리실이나 경비원분들은 고양이와 캣맘의 존재를 반기지 않아서 갈등이 있었어요.

그래서 저도 눈에 안 띄게 밥을 주느라 조심했는데 고양이 녀석들은 제가 나타나면 눈치 없이(웃음) 졸졸 따라다니는 거예요. 모모를 데려오던 날도 세 마리가 저를 쫄랑쫄랑 따라왔어요. "들킨단 말이야. 오지 마!" 하니까 두 마리는 멈춰 섰는데, 모모는 계속 따라왔어요. 농담 삼아 "너 요 선 넘어오면 우리 집에 가는 거다?" 했는데 모모가 선을 성큼 넘어왔어요. 두 손으로 안았더니 가만히 있더라고요. 엘리베이터에서도 버둥거리지 않고요. 그렇게 모모를 집으로 데려왔어요.

사실, 겨울이 다가오는 게 가장 걱정이었어요. 이미 사람 손을 탄 애들이 잘 버틸 수 있을까도 염려됐고요. 남편과 상의 없이 불쑥 일을 저질렀는데 남편이 "이렇게 될 줄 알았으면 TNR 하기 전에 데려올 걸 그랬다"라고 하더라고요. 모모의 귀를 싹둑 잘라놓은 게 속상했나 봐요.

**그때도 댁에는 뽕이랑 나나가 있었나요?**

네, 거기에 큰애 토토도 있었어요. 셋 다 이미 노령묘인데, 모모는 당시에 두세 살쯤이었으니 합사가 쉽지 않았어요. 저도 새로운 고양이를 들일 준비가 안 돼 있었고, 저희 집 아이들도 그랬던 거죠. 사실 토토 밑으로 뽕이랑 나나가 왔을 때는 합사가 잘 됐거든요. 토토는 이미 성묘였고 뽕이, 나나는 아기였는데 토토가 2~3일 싫어하다가 아기들을 바로 품어줬어요.

그런데 모모를 데려갔을 때는 이미 노령묘가 된 토토가 딱 싫어하더라고요. 아예 관심을 갖지도 않고, 모모가 가까이 가면 '하악질'을 하고 가버리고요. 그 모습을 보면서 '합사가 쉽지는 않겠다' 싶었는데, 복병은 의외로 나나였어요. 나나 성격이 호전적이면서 동시에 겁도 많다 보니 모모를 쥐 잡듯이 잡는 거예요. 모모가 가는 곳마다 쫓아다니고, 모모가 있는 곳을 내려다보면서 모모를 막 때리고, 모모가 화장실에 가면 그 앞에서 지키고 서 있고. 모모가 너무 힘들어 보이더라고요.

그래서 한동안은 모모를 제 방에만 머물게 하고 다른 애들은 거실에 있게 하는 식으로 계속 분리했어요. 그러면 또 나나랑 뽕이는 왜 문을 안 여느냐고 막 야옹거리니까, 어쩔 수 없이 다시 합사하면 "와다다다" 싸우고. 모두에게 행복하지 않은 일인 것 같아서 모모를 사무실로 데리고 온 거죠.

**그럼 모모는 사무실에 살기 시작했을 때 처음부터 잘 적응했나요?**

적응은 굉장히 잘했어요. 사무실뿐 아니라 어디서든 적응력이 좀 뛰어난 것 같기도 해요. '얘가 길냥이가 아니라 사람이 살던 집에서 나온 거구나'라고 느낀 게, 저희 집에 있을 때도 침대 밑에 숨거나 하는 행동을 한 적이 거의 없어요. 모모를 제가 완전히 입양하기 전에 혹시라도 더 좋은 사람이 나타나면 입양을 보내려는 생각도 있었기 때문에, 고양이를 좋아하는 친구에게 일주일 정도 맡겨본 적이 있거든요. 그때도 금세 적응했고요.
　사실 지금 집에 있는 나나가 사무실에 머물렀던 적이 있는데, 직원들이 입는 재킷을 잘근잘근 씹는다거나 하는 사고를 쳐서 '안 되겠다' 싶어 집으로 데려간 경우예요. 반면 모모는 그런 사고도 치지 않고 굉장히 부드럽게 사무실에 스며들었죠.

**평일에는 사무실에서 『스트리트 H』 직원들과 함께 지낼 텐데, 주말의 모모는 어떻게 지내는지 궁금해요.**

주말에도 사무실에 머물러요. 처음에는 주말에 모모가 혼자 사무실에 있으니까 불쌍하다는 생각이 들어서 집으로 데리고 갔어요. 그런데 이 아이가 집으로 갈 때부터 벌벌 떨고, 차 안에 똥을 눌 정도로 긴장하더라고요. 이제는 명절처럼 연휴가 길어질 때, 목욕이 필요할 때 정도만 집으로 데려가요.

더 웃긴 건, 주말에 누가 사무실에 오는 걸 모모도 좋아할 줄 알았거든요. 신경도 안 쓰더라고요.(웃음) '너는 이때 여기 올 인간이 아닌데 왜 왔니?'라는 표정이죠. 사무실을 완전히 자기 공간으로 인식하고 있나 봐요.

> 평일과 주말이라는 나름의 루틴에 모모도 익숙해진 거네요. 그러면 사람들이 사무실에 출근할 때와 모두 퇴근한 뒤에 모모에게 나름대로 루틴이 있을 것 같은데요. 출근 시간에는 어떤가요?

저희 사무실 현관이 유리문이잖아요. 그 앞에서부터 모모가 소리를 지르면서 빨리 문을 열라고 요구해요. 문이 얼른 안 열리면 앞발로 막 두드리기도 하고요. 사람들이 사무실에 들어올 때는 한 명 한 명 다 머리를 비비면서 인사해야 해요. 가령 저하고 잘 있다가도 자기가 좋아하는 디자이너가 오면 바로 쪼르르 달려가서 머리를 만져라, 쓰다듬어라, 엉덩이 통통 두들겨라 조르는 거죠. 그래서 주말을 지낸 월요일 아침은 모모가 가장 말이 많은 시간이에요.

**사무실에서 모모가 특별히 좋아하는 사람도 있나요?**

농담으로 "모모의 최애 디자이너들이 있다"라고 얘기해요. 그
분들 책상 위에서는 늘 편안하게 누워 있어요. '일을 어떻게 할
수 있나' 싶을 정도로 늘어져 있죠.

　또 집에서 열두 살 노령묘와 함께 사는 에디터가 있는데, 고
양이의 습성을 잘 알다 보니 모모를 부지런히 챙겨줘요. 제가
무심하게 있다가 놓쳐도 "편집장님, 지금 화장실 통으로 갈아
줘야 할 때인 것 같아요"라고 말하는 식으로요.

**그렇다면 편집장님과 모모의 관계는…….**

저는 모모한테 장난을 많이 쳐요. 발을 잡아당긴다거나 하면서
요. 그래서 모모가 저한테는 진심으로 화를 내죠. 눈을 보면 다
알 수 있어요. 동공이 엄청 커지면서 눈이 전체적으로 네모 모
양이 되거든요. 눈에 이렇게 딱 쓰여 있어요. '한 번만 더 하면
때린다!' 그런 모모가 너무 귀엽고 또 재미있으니까 제가 한 번
더 장난을 치고, 결국 모모한테 얻어맞죠. 모모가 화를 못 참은
나머지 제 발을 물고 가기도 하고 그래요.

**고양이들과 함께 살 때 필수로 해야 하는 돌봄이 있잖아
요. 화장실 청소, 사료와 물 체크, 발톱 깎기, 양치 같은
것들이요. 이걸 어떤 식으로 나눠서 하고 계신가요?**

일단 사료는 자동 급식기로 주고 있어요. 그리고 모모가 원하면 소리를 잘 내는 타입이거든요. 밥이 없으면 달라고 하는 아이여서 그때그때 필요하면 사료를 더 주고요. 빗질은 저보다 디자이너분들이 훨씬 더 많이 해주세요. 대신 발톱 깎기 같은 건 제 전문이에요. 숙달된 노하우가 있거든요. 그 외에 화장실 모래를 전체적으로 가는 건 되도록 제가 하려고 노력하고, 매일 소변과 대변을 삽으로 뜨는 건 눈에 띌 때마다 돌아가면서 하고 있어요.

그런데 지금 가장 어려운 건 양치질이에요. 아직 한 번도 성공하지 못했어요. 저 녀석은 턱이 납작한 편이잖아요. 입 근처에 손이 가는 걸 너무 싫어하는데, 얼굴을 잡아서 입을 벌리려고 하면 칠색 팔색을 하더라고요. 치아 쪽이 많이 신경 쓰여요. 예전에 동물병원에 갔을 때도 수의사 선생님께서 치아 문제를 언급하셨거든요.

**고양이 양치하기는 정말 많은 반려인이 겪는 어려움인 것 같아요. 모모는 치아 외에 아픈 곳은 없나요?**

가장 걱정했던 게, 아래턱이 부정교합처럼 돌아가는 것 같더라고요. 모모를 병원에 데려가서 한번 여쭤봤더니 수의사 선생님께서 부정교합은 고치기 어렵고, 또 현재로서는 부정교합보다 치아가 내려앉을 수 있어서 그게 조금 더 걱정된다고 하신 적이 있어요. 그 외에는 허피스 때문에 눈병이 있어서 때마다 안

약을 넣어줘야 하는 것, 폐가 살짝 안 좋은 게 있네요. 다행히 사무실에 오고 나서 모모가 크게 아프거나 다친 적은 없고요.

**어쨌든 사무실에서 함께 일하는 분들이 많으시니 모모의 상태를 체크할 수 있는 사람도 많아서 좋을 것 같아요.**

고마운 게, 저희 직원들이 모모가 조금만 이상하면 바로 저한테 얘기를 해줘요. 눈병 같은 경우도 "지금 평소보다 더 심한 상태인 것 같은데요"라고 이 친구들이 저한테 얘기해주면, 제가 모모를 병원에 데려가서 진료를 받죠. 주말 지나고 사무실에 왔는데 바닥에 모모가 토한 자국들이 남아 있으면 또 알려주고요. 보통은 너무 급하게 먹어서 토한 사료나 헤어볼이지만요.

반면, 이렇게 책임을 나눌 수 있다는 건 누구 하나가 면밀하게 보지 않아도 된다는 뜻이기도 해서 아무래도 주 양육자인 제가 더 신경을 써야 하는 것 같기는 해요.

**사무실은 업무 공간이자 모모의 거처잖아요. 모모와 사무실을 공유하는 데 따른 좋은 점이나 어려운 점이 있을까요?**

함께 일하는 직원 중에 고양이 알레르기가 있는 사람이 있을 수도 있고, 동물을 좋아하지 않는 사람이 있을 수도 있잖아요. 고양이와 공간을 공유한다는 건 털에서 해방될 수 없다는 의미

이기도 하고요. 또 각자 아무리 깨끗하게 관리를 한다 해도 모모가 토한 자국을 자리에 묻혀놓거나 하는 등의 변수가 생길 수도 있고요. 그래서 '모모가 사무실에서 지내는 걸 다들 좋아할까?'라고 걱정했는데, 의외로 모두 멘털 관리에 도움이 된다고 하더라고요.

혼자 일하다가 마음이 좀 허전할 때 모모를 한번 쓰다듬거나 끌어안으면 기분이 너무 좋대요. 모모가 있는 게 회사의 복지라고들 얘기해요.

**모모가 사무실에 계신 분들을 돌보기도 하는 거네요.**

멘털 매니저의 역할을 하고 있죠. 저 역시 일하다가 뜬금없이 모모한테 가서 막 쓰다듬고, 장난 걸고 그러면 기분이 좀 환기돼요. 또 모모는 저희가 자기 빼고 회의실에 모이면 꼭 들어오거든요. 회의가 끝날 때까지 같이 앉아 있어요. 루틴하게 업무가 돌아가는 지루한 사무실에서 모모가 작은 행복이 되어준다고 생각해요.

**오랫동안 모모와 지내오셨는데, 모모가 나이 들었다는 걸 실감할 때가 있으신가요?**

동물의 시간은 인간의 시간과 다르잖아요. 그러다 보니 자꾸 엄마들이 자녀한테 그러는 것처럼 저도 모르게 모모 나이를 줄

여 말하고 있더라고요. "얘 아직 열 살 안 됐을걸?" 그러면 같이 일하는 직원이 "편집장님, 무슨 소리세요?" 이렇게 따지고요.(웃음) 모모의 나이를 잘 생각하지 않게 되더라고요.

그러다 집에 있는 고양이 중에 누군가가 아플 때면 '모모 이 녀석한테도 이제 어떤 증상이 생길 수 있겠구나'라는 걱정이 드는 것 같아요. 우리가 모르는 몸의 변화나 노령의 징후가 생기지 않을까 싶어요. 예전에는 챙겨보지 않았던, 〈미야옹철의 냥냥펀치〉 같은 고양이 관련 유튜브도 찾아보게 되고요. 모모 같은 아이들은 어떤 질환이 있을까, 하고 보는 거죠. 모모는 브리티시쇼트헤어 믹스인데, 브리티시쇼트헤어의 경우에는 심장이 안 좋을 수 있다고 하더라고요. 또 이제 나이가 점점 들어가니 체중도 더 신경 써야 할 테고요.

**맞아요. 체중이 고양이들 건강의 바로미터가 되기도 하니까요.**

집에 있는 뿡이가 가장 통통했을 때 12킬로그램 정도까지 나갔거든요. 노령묘가 되면서 몸무게가 8킬로그램대까지 내려갔어요. 초반에는 수의사 선생님께서 되게 걱정하시더라고요. "왜 지난번에 병원에 왔을 때보다 살이 더 빠졌죠?" 하고요. 그런데 식욕이 없는 것도 아니고, 움직임이 아예 없는 것도 아니라서 몇 번 검사를 해도 정확한 이유를 알 수는 없었어요. 지금은 다행히 10킬로그램 정도로 회복했어요.

한편 나나는, 아까 갑상샘 항진증이라고 말씀드렸는데 그걸 알게 된 계기가 체중 감소였어요. 5킬로그램대를 유지하던 아이가 갑자기 3킬로그램대까지 내려간 거예요. 애가 쪽쪽 마르는 게 눈에 보여서 병원에 데리고 갔더니 갑상샘 항진증이라는 걸 알게 됐죠. 다행히 지금은 약을 먹으면서 체중도 정상 범위로 올라가서 4.5킬로그램 정도 유지하는 중이에요.

뽕이와 나나를 보면서 모모도 체중을 중요하게 체크해야겠다는 생각이 들었어요.

**그래도 모모는 아직 건강한 편인 것 같아요. 모모의 장수 비결은 뭘까요?**

가장 크게는 순하고 무던한 성격 덕분일 것 같아요. 덕분에 사람들과의 관계가 잘 맺어져 있죠. 사람들이 모모를 돌봐주고, 모모는 거기에 기대서 행복해하는 생활에 익숙해졌어요. 또 느긋한 성격이기도 해서 다른 고양이들보다는 스트레스를 덜 받는 것 같고요. 사무실 공간이 크니까 집에 있는 아이들보다는 운동량이 많은 것도 장수 비결이 아닐까 싶어요.

**모모가 더 나이 들었을 때를 상상하면 '언제까지 사무실 생활을 할 수 있을까? 어떤 준비가 필요할까?'라는 고민도 있으실 것 같은데요.**

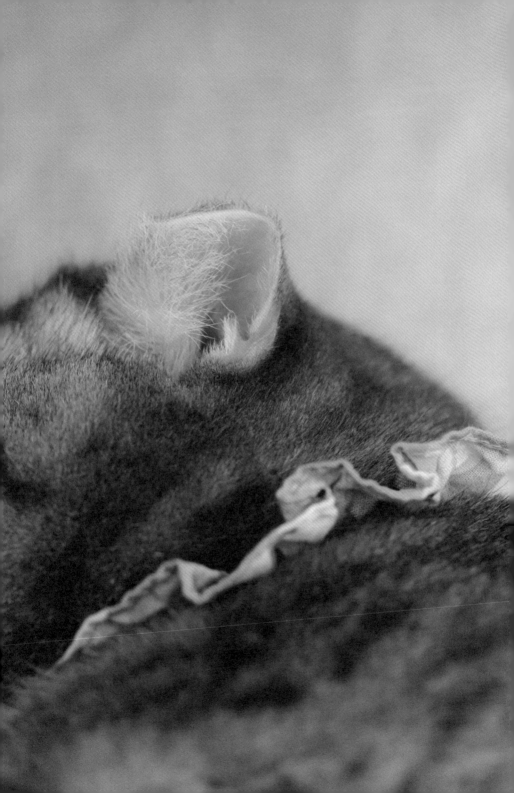

만약 모모가 아파서 제가 아침마다 수액을 놔줘야 한다거나 하는 경우가 생기면, 아무래도 사무실에서 돌보는 것보다는 집이 나을 수도 있겠다는 생각이 들어요. 하지만 제가 사무실에 있는 시간이 워낙 길기도 하고, 또 돌봄을 나누어 맡아주는 동료들이 사무실에 있기도 하니까 역시 여기 있는 게 나은 건 아닐까, 하는 생각도 있어요. 아직 마음을 정하지는 못한 상태예요.

**어쨌거나 고민을 시작하신 거네요. 인터뷰 초반에 첫 고양이였던 토토가 세상을 떠났다고 말씀해주셨잖아요. 괜찮으시면 그 경험을 더 들려주실 수 있을까요?**

제 주변에는 고양이를 저보다 훨씬 더 오래 돌보면서 같이 잘 살다가 무지개다리를 건너보낸 친구들이 많아요. 어떤 친구는 지금도 자기 반려묘 이야기를 하면서 울거든요. 그런데 저는 토토 얘기를 꺼내도 울지는 않아요. 인간으로 치자면, 저희 토토가 세상을 떠난 과정이 호상에 가까워서 그런가 봐요.

토토는 병원이 아니라 집에서 떠나보냈어요. 애가 너무 기력 없이 늘어져 있길래 저녁때부터 토토가 가장 좋아하던 제 침대 위에 토토를 눕혀놓고 계속 지켜봤어요. 계속 쓰다듬어주고, 말 걸어주고…… 마지막이 다가온다는 느낌이 들었나 봐요. 그러다 토토 심장 뛰는 소리를 계속 듣고 있었어요. 심장이 엄청 느리게 뛰다가, 어느 순간 소리가 안 들려요. 다시 토토 몸에 귀를 대봤더니 정말 심장 뛰는 소리가 안 들리더라고요. 그때 아이가 간 거예요. 약간의 개구 호흡은 있었지만 경련도 없었고요. 나와 가까운 존재의 죽음을 목도한 건 그때가 처음이었는데 그 격렬한 감정 속에서도 아이가 떠나는 마지막 순간이 너무 고통스럽지는 않아서 다행이라는 생각이 들었어요. 지금 돌이켜봐도 마지막 시간을 저와 충분히 나눌 수 있었다는 것이 다행스러워요.

당시에는 물론 많이 울었어요. 그렇지만 장례를 치르고, 화장을 하고, 충분히 애도하는 과정을 거쳐서인지 토토를 떠올리면 막 가슴이 미어질 것 같은 느낌은 없어요. 가끔 인스타그램에서 토토랑 비슷하게 생긴 고양이를 보면 토토가 너무너무 보고 싶긴 하지만요.

그런 시간을 겪으면서 고양이와 함께 사는 과정에 최선을 다해야 한다는 생각을 했어요. 돌이켜보면 토토는 저의 첫 고양이였기 때문에 지금에 비해 상대적으로 고양이에 관한 저의 지식이 너무 부족했어요. 고양이를 좋아하는 마음은 컸지만 애를 돌보기 위한 필수적인 노동, 시기에 맞춰서 해야 할 일 같은 것들을 더디게 해나갔죠. 그러고 났더니 역으로 지금 함께하는 고양이들은 특정한 증세가 나타나면 빨리 병원부터 간다거나, 고양이들에게 쓸 수 있는 비용을 언제든지 확보할 수 있도록 점검해야 한다는 것들을 알게 됐어요.

한편으로는 아이들이 아플 때 적절한 치료를 해서 낫게 하는 건 굉장히 중요하지만, 너무 수명을 연장하는 데만 연연해서 아이를 더 고통스럽게 만들고 싶지는 않다는 생각도 하고 있어요.

토토가 많은 것을 알려줬네요.

진짜 그런 것 같아요.

　저는 항상 이게 궁금했어요. 함께 살던 고양이가 무지개
　다리를 건넌 뒤에 그 마음을 어떻게 들여다보거나 달래
　야 할까, 언젠가 또 헤어질 때를 상상하면서 다른 고양이
　들과 함께하는 삶을 두려워하게 되지는 않을까, 하는 것
　이요.

제 친구 중에 오랜 시간 암으로 투병한 고양이들을 세 마리나
보살핀 아이가 있어요. 옆에서 보면서 '나라면 고양이들에게 저
렇게까지 해줄 수 있을까?'라는 궁금증이 들 만큼 지극정성으
로 돌봤어요. 먹여야 하는 약이 한 움큼인데 그걸 정리해서 먹
이는 데만 매일 한 시간이 걸리죠. 고양이들 관장도 해주고, 고
양이들이 사용하는 산소방도 관리하던 친구였거든요. 그 친구
가 고양이들을 떠나보내고 어마어마한 상실감에 둘러싸여 있
었어요. 인스타그램에 올리는 글만 봐도 '여전히 슬픔에 빠져
있구나'라는 게 보였어요.
　그래서 제가 3~4개월 지났을 때 이런 얘기를 했어요. "나는
고양이를 떠나보내고 너무 빠르게 다른 아이로 상실감을 대체
하는 것에 대해 긍정적이지는 않아. 그런데 너는 그랬으면 좋
겠어. 고양이가 없는 너는 네가 아닌 것 같거든. 앞으로 남은 날

을 함께할 마지막 고양이라고 생각하고 고양이를 들이면 어떨까?"라고요. 그렇게 말하고도 친구가 실제로 새로운 고양이를 데려올 거라는 확신은 없었어요.

그런데 그로부터 얼마 지나지 않아서 친구가 턱시도 남매를 구조했어요. 재미난 게 얘네 둘은 원래 친구랑 살던 고양이들과 성격이 너무 다른 거예요. 완전 '똥꼬발랄' 아기 고양이들의 에너지 덕분에 친구가 힘들어하면서도 잘 지내더라고요.

반려묘와 이별한 뒤에 새로운 고양이를 다시 만날 것인가 아닌가를 선택하는 건 결국 반려인 본인의 성향과 상황, 경제 사정 등을 모두 충분히 고려해야 하는 것 같아요.

**그런 상황이 되면 어떤 선택을 할 것 같으세요?**

사실 제가 끝도 없이 고양이들을 구조할 수도 없고, 제 나이로 봤을 때 고양이들을 잘 돌보는 것도 어쩌면 앞으로는 제 인생에서 힘든 일일 수도 있을 것 같아요. 그래서 누가 저한테 "만약 모모가 천수를 다 누리고 무지개다리를 건너면 고양이를 또 들일 생각이 있느냐?"라고 물어보면 확고하게 대답해요. "이젠 아니다"라고요.

그러니까 모모는 제 인생의 마지막 고양이예요, 아마도.

# 니모는 나의 집

19세

니모와

김나리, 배우자

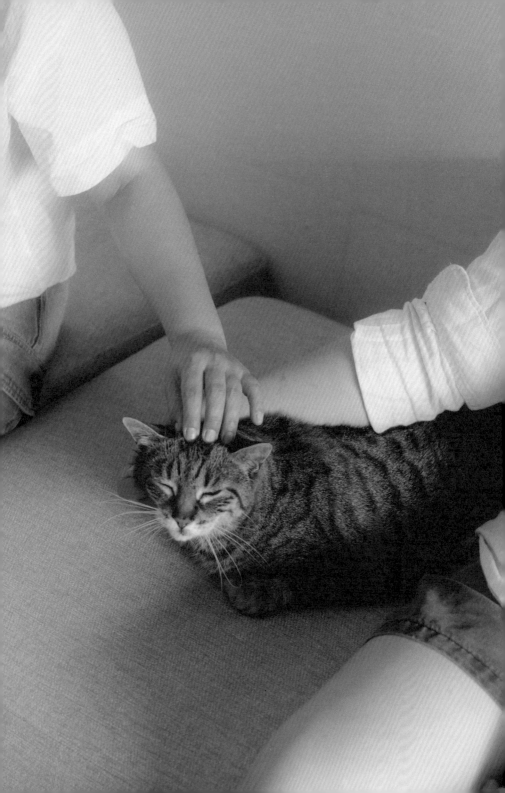

김나리가 쓴 책 『삶은 그렇게 납작하지 않아요』(책나물, 2024)에서 제목 그대로 김나리는 납작하지 않은, 울퉁불퉁하고 들쭉날쭉한 인생을 살아온 한 사람으로서 자신의 이야기를 풀어놓는다. 그 얘기들을 읽다 보면 '이게 전부 한 사람이 40년 동안 겪은 일이라고?'라는 놀라움이 밀려온다. 그는 여러 곳의 학교를 옮겨 다니며 많은 것을 배우고, 영화를 만드는 사람이었다가 방송을 만드는 사람이 되고, 독일과 스페인과 한국을 오가며 지내고, 결혼한 오픈리 레즈비언으로 살아간다. 한국의 서울에서 제주도로 왔다가, 이제는 다시 독일 베를린으로 이주했다.

수많은 사건과 경험과 변화로 이루어진 김나리의 두텁고 복잡한 삶에 반려묘 니모는 19년 동안 함께하고 있다. 그가 어디에 있든 누구와 함께 살든 니모는 변함 없이 그의 곁에 있었고, 그건 새로운 배우자와 가족이 된 지금도 마찬가지다. 김나리는 책에서 이렇게 썼다. "니모는 언젠가 자신에게 특별해진 사람들의 집이 되어주었다. 그리고 어느덧, 우리는 지금의 셋이 되고, 우리 셋은 함께 있을 때 그 자체로 집이 되었다."

김나리와 배우자, 니모가 독일로 떠나기 전 제주로 날아가 그들을 만났다. 잠에서 깬 지 얼마 되지 않았다는 김나리와 배우자가 바쁘게 인터뷰를 준비하는 동안, 니모는 근엄한 얼굴로 천천히 집 안 이곳저곳을 돌아다니다가 가끔 주인공다운 멋진 포즈를 취해주었다. 삶은 납작하지 않고, 인간은 복잡하며, 고양이는 멋지다. 확실히 그렇다.

두 분이 같이 쓰다듬으니까 니모가 엄청 행복해하네요. 보통 니모는 몇 시에 하루를 시작하나요?

**나리** 아침 6시쯤 일어나는 것 같아요. 화장실에 갔다가 밥도 먹고 다시 와서 자다가, 저희가 일어날 때 같이 일어나요. 니모는 잠도 저희랑 아예 같이 자거든요. 고양이는 엄청난 루틴 동물이잖아요. 제 생각에 어린 고양이들은 자기가 원하는 게 있어도 의사 표현을 잘 못하는데, 니모는 나이가 많으니까 자기가 원하는 루틴대로 다 지켜야 하고 의사 표현도 분명하게 해요. 그래서 자야 할 시간이 되면 저랑 배우자 둘 다 자기 자리에 누워야 해요. 배우자는 니모 왼쪽에서, 저는 오른쪽에서 자죠.

잘 때뿐만 아니라 배우자가 침대에 주로 있으니까 니모가 얘한테 하루 종일 붙어 있는데, 저희는 그걸 '엄충', '엄마 충전'이라고 부르거든요. 요즘 엄마 충전 시간이 길어졌어요.

**많은 시간을 공유하는 가족이네요.**

**나리** 저희 부부 둘 다 요즘은 주로 집에서 일을 하니까요. 니모는 거의 하루 종일 자다가 잠깐 와서 밥 달라, 예뻐해달라, 잠깐 관심을 가져달라, 원하는 자세로 원하는 위치에 누워서 내 깔개가 되어라 등의 분명한 요구를 해요. 그래서 오히려 니모 돌봄에 써야 하는 시간이 길다는 느낌은 들지 않아요. 게다가 신부전증을 관리하게 된 뒤로는 가정식을 먹이지 않고 있어서 니

모 밥을 준비하는 게 아주 쉬워졌거든요. 파우치를 뜯고 그릇에 부어주면 끝이에요.

**신부전증은 어떻게 관리하세요?**

**나리** 이틀에 100밀리리터씩 피하수액을 놔주고 있어요. 배우자는 수액을 체온 정도로 준비해서 니모한테 츄르 먹이기를 담당하고, 악력이 좋은 제가 니모에게 바늘을 꽂고 수액을 놔줘요. 약은 아조딜이라는 냉장 보관 유산균과 신장 수치 관리를 위한 크레메진, 췌장 효소를 먹이고 있고요. 알약 먹이는 데는 도가 터서 이제 필건으로 1초면 먹여요. 니모도 예전에는 약을 뱉어내려고 하고 고통스러워했는데, 이제는 약 먹는 시간을 오히려 즐거워하더라고요. 관리받는 고양이 느낌이 나서 그렇다고 믿고 있어요. (웃음)

**2023년에 특히 니모가 많이 아팠던 걸로 알고 있어요.**

**나리** 니모는 살면서 고비를 네 번쯤 넘겼어요. 14세 때 갔던 병원에서는 "오늘을 넘기지 못할 것 같다"라는 말까지 들었는데요, 한 달 입원하고 기적처럼 살아났어요.

2023년 겨울에도 제가 독일에 다녀오는 사이에 니모가 아팠어요. 배우자가 혼자 니모를 데리고 병원에 가느라 고생이 많았죠. 저는 베를린에서 SNS에 수소문해 제주에 있는 동물병원을 추천받았어요. 다급했죠. 니모를 한 번 더 만질 수 없을까 봐, 니모와 한 번 더 눈을 맞출 수 없을까 봐. 니모가 많이 아플 때마다 슬프고 걱정되는 건 어쩔 수 없어요. 그건 저의 감정이죠. 그 감정을 느끼지 못한다면 저는 사람이 아닐 거예요.

　　반려묘가 아플 때, 시간과 에너지도 많이 써야 하지만 그만큼 금전 지출도 크다고 들었어요. 어떤 반려인들은 반려묘가 노령묘가 될 때를 대비해서 따로 저축하는 경우도 있다고 하고요. 나리 님은 비용을 어떻게 감당하셨나요?

**나리** 니모가 가장 아프고 병원비가 많이 들던 시절에는 다행히 제가 돈을 잘 벌었어요. 그리고 저는 어릴 때부터 버릇처럼 저축을 하고 있어서 언제나 여유 자금은 보유하고 살아왔어요. 니모가 첫 번째 고비를 넘겼을 때는 수의사 선생님께서 니모가 퇴원하는 날 자기 일처럼 기뻐하시면서 진심을 담아 이렇게 말씀하셨어요. "니모는 돈으로 살렸어요!" 당시 니모 병원비로 쓸 만큼의 돈이 있어서 정말 감사했어요. 마침 한국에서 쓸 차를 사려던 참이었는데요, 병원비 덕분에 일단 중고 경차를 샀죠.

　　그 뒤로 제 경제 상황은 몇 번 변했고, 니모가 조금이라도 아픈 것 같으면 이 노래를 불러주고 있어요. 〈걱정 말아요 그대〉 가사를 이렇게 바꿔서요. "니모~ 아무 걱정하지 말아요~ 우리 집은 진짜 부자예요~" 거짓말이죠. 니모가 인간이었다면 이런 거짓말은 할 수 없었을 거예요. 처음에는 장난으로 불렀는데,

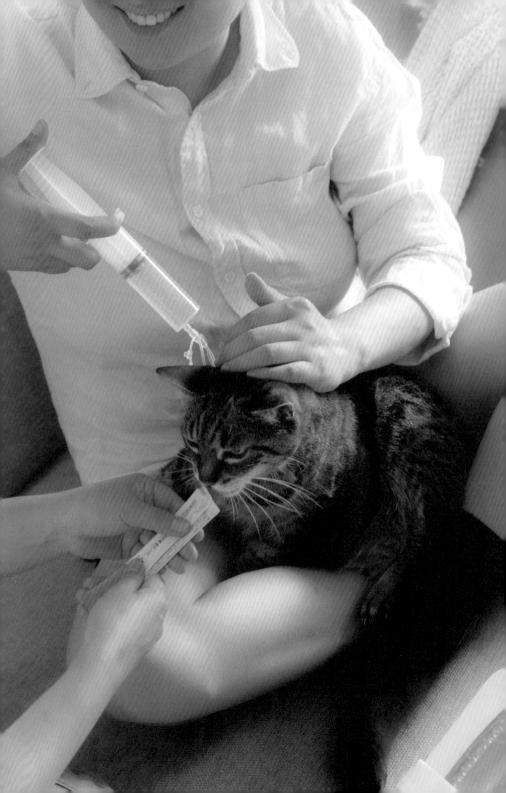

요즘에는 니모가 안 아플 때도 가끔 불러줘요. 이 노래를 좋아하더라고요.

병원비를 카드 할부로 겨우 막은 적도 있긴 하지만, 대개 니모한테 쓸 돈은 어떻게든 벌게 돼요. 사람을 키우는 것보다는 돈이 덜 들어서, 저는 오히려 이득이라고 생각해요.

참, 니모 수액 맞는 거 보시면 어떨까요? 원래 지금 딱 맞을 시간이거든요.

**오, 괜찮으시면 맞히면서 말씀하셔도 좋을 것 같아요.**

**김나리의 배우자가 수액을 데워서 거실로 가져오고, 두 사람은 역할을 나눠서 니모에게 수액을 맞히기 시작했다.**

**나리** 수액을 원래 예전부터 맞혀야 한다고 들었는데 제가 회피했어요. 바늘 같은 걸 좀 무서워하는 타입이기도 하고, 제가 수액을 놨다가 잘못될까 봐 무서웠거든요. 그냥 병원에 니모를 정기적으로 데려가서 수액을 맞혔죠. 병원에 많이 다녀서 니모 혈관이 되게 얇아졌대요. 그런데 작년에 병원에 갔을 때 간 수치가 너무 높아서 피하수액을 맞혀야만 한다고 하더라고요. 배우자가 혼자 유튜브를 보고 수액을 놓기 시작했어요. 그때부터 집에서 맞히기 시작한 거예요.

우리 사진 찍는데 여기 목덜미에 수액이 들어가서 니모 못생기게 나오겠다.

목덜미에 피하수액을 놓으니까 수액이 몸으로 들어가면서 목덜미 쪽이 볼록 튀어나오는군요. 처음 알았어요. 그런데 니모가 수액을 진짜 잘 맞네요.

**나리** 잘 맞는데 츄르가 다 떨어지기 전에 맞혀야 해요. 저도 수액 놓는 걸 한 번 해보고 나니 다음부터는 되게 쉽더라고요. 니모가 수액 맞는 걸 그냥 싫어하는 게 아니라 사람이 불안해하니까 덩달아 불안해한 거구나, 사람이 편안하게 생각하면 니모도 편안하게 수액을 맞는구나, 그걸 알았어요. 고양이 관련 유튜브에서도 많이 하시는 말씀이 '이것 때문에 얘가 아플 거야'라고 생각하면 고양이에게도 그게 다 느껴진대요. '이걸 맞으면 네가 건강해질 거야'라는 마음으로 수액을 편하게 놔야 하는데, 익숙하지 않으면 그게 잘 안되긴 하죠.

아까 니모가 14세 때 처음 응급 상황을 맞이했다고 하셨잖아요. 겉보기에 고양이들이 건강할 때는 아무리 나이가 많다고 해도 그 사실이 잘 실감 나지 않는 것 같아요.

**나리** 베를린에서 제가 가장 오래 산 집 근처에 고양이 두 마리가 있었어요. 처음 봤을 때는 어린 고양이였는데 11세, 12세가 되어서 차례로 죽었어요. 당시에 인터넷에 검색을 해보니 고양이 평균 수명이 그 정도라고 나오더라고요. 그걸 보면서 니모 걱정을 많이 했어요. '니모가 없으면 나는 어떡하지?'라는 생각도 하고, 다른 한편으로는 '니모도 11세, 12세쯤 되면 죽겠구나' 싶기도 했죠. 그런데 니모는 아주 건강하게 잘 지냈어요. 독일에서 한국에 오기 전까지 크게 아파서 병원에 간 적이 없어요. 대신 어릴 때부터 장이 약해서 그걸 제가 관리해줬고요.

**니모와 나리 님의 첫 만남이 궁금해요. 언제, 어떤 계기로 함께 살게 되셨나요?**

**나리** 제가 2002년부터 독일에서 살다가 2005년에 스페인 바르셀로나로 긴 여행을 갔어요. 그때 고양이를 키우는 친한 친구네 집에 놀러 갔는데, 제가 간 첫날부터 그 집 고양이가 제 발밑에서 내내 잠을 잔 거예요. 그날 심장이 덜컹하는 기분이 들면서 앞으로 고양이와 살 운명임을 직감했죠.

그러던 어느 날, 한 고등학생이 제게 아기 고양이 임시보호를 맡겼어요. 그게 니모예요. 그 고등학생이 대학생이 되어 니모를 데려가려고 저희 집에 왔다가, 니모는 이미 제 고양이가 된 것 같다며 그냥 돌아가더라고요. 니모랑 계속 같이 살 수 있다는 기쁨에 그날 니모를 붙잡고 많이 울었어요.

니모가 어릴 때부터 장이 안 좋아서 설사병을 심하게 앓았거든요. 근육이 좋고 활동성도 높고 튼튼하니까 모든 곳에 올라가서 물건을 다 떨어뜨리고, 벽에 설사도 다 묻혀놓는 고양이였죠. 제가 집에 가면 울면서 그걸 다 치우고, 벽에 튄 설사를 닦으면서 또 울고 그랬어요. 체력적으로 너무 힘들었어요.

사료를 바꿔주면 좋다길래 장이 예민한 고양이용 사료를 구해서 먹였더니 설사가 멎더라고요. 그런데 어느 날 니모가 8킬로그램이 된 거예요. 사료 포장지를 자세히 보니 작은 글씨로 이렇게 쓰여 있더라고요. "주의: 체중이 증가할 수 있음." 그 뒤로 집에서 생식을 만들어 먹였어요.

**생식을 챙겨 먹인다는 게 보통 일이 아닐 것 같아요.**

**나리** 일하고 사는 사람이 자기 반찬을 일주일에 한 번씩 만들어서 먹는 것도 힘들잖아요. 니모한테 생식을 먹이기 시작하면서 생고기를 매주 만지게 되니까 저는 정작 고기를 잘 안 먹게 되더라고요. 그러다가 니모가 두 번째 아팠을 때 수의사 선생님께서 "니모도 이제 나이가 있으니 익힌 음식을 먹이면 좋겠다"라고 하셨어요. 그때부터는 화식으로 바꿨죠. 고기는 삶고 채소는 찐 다음 퓌레처럼 갈아서 기름 같은 건 많이 빼내고요. 그러다가 또 선생님이 니모 신장 수치 때문에 식단 조절을 해야 한다고 해서 파우치 사료를 먹였어요. 그걸 먹으니까 또 자꾸 설사를 하는 거예요.

췌장염이랑 신부전증까지 고려해서, 니모가 설사를 안 하는 밥을 찾아 삼만리 하다가 지금 먹이는 파우치 사료를 찾았어요. 지금 먹이는 건 너무 만족스러워요. 살면서 이렇게 편한 적이 없었어요. 따로 밥 안 해도 되죠, 니모도 좋아하죠, 설사 안 하죠, 체중도 어느 정도 유지되고요.

2018년에 니모와 함께 독일에서 한국으로 오셨죠. 니모에게는 첫 장거리 비행 경험이었을 테고, 나리 님도 니모와 같이 비행기를 타는 게 쉽지만은 않으셨을 것 같아요.

**나리** 일단 니모를 비행기에 태워서 한국에 데려오려면 가방 무게까지 합쳐서 8킬로그램을 넘으면 안 됐어요. 상당히 신경 쓰며 다이어트를 시켰어요.

그 외에도 당연히 걱정이 많았어요. 제가 독일에 오래 살면서 한국으로 돌아올까 싶은 순간이 더러 있었는데요. 니모를 장거리 비행기에 태우는 게 내키지 않아 포기했거든요. 당시 니모는 차에만 타도 스트레스를 많이 받고 동물병원에 가는 것도 싫어했어요. 이런 애를 데리고 어떻게 이동하나 싶어서 니모가 살아 있는 동안에는 독일에 살아야겠다고 생각하기도 했죠. 그런데 신기하게도 베를린에서만 이사를 여러 번 했는데, 니모는 저만 있으면 새로운 공간에 잘 적응했어요. 그게 떠올라서 용기를 낸 거예요. 하네스로 사전 연습도 열심히 하고, 준비도 많이 하고요.

정작 비행기를 탔더니 니모는 굉장히 의젓하고 씩씩하게 적응하더라고요. 심지어 서울에 예약해둔 에어비앤비 숙소로 들어가니까 너무 좋아했어요. 독일에만 살아봤으니 바닥이 따뜻한 집에 와본 게 처음이었던 거죠. 니모가 초롱초롱한 눈으로 저를 쳐다봤던 게 떠올라요. '여기 왜 이래? 바닥이 왜 따뜻해? 완전 좋은데? 우리 이제 여기 사는 거야?' 이런 느낌이었어요.

그렇지만 니모를 비행기에 태워서 경유까지 하며 한국에 데려온 인간은 완전히 뻗었습니다.(웃음) 유럽에서 한국으로 오는 비행기에서 한숨도 못 잔 건 그때가 처음이었어요.

나리 님은 당시 오랜만에 돌아온 한국 생활이 낯설지 않으셨나요? 니모의 존재가 무척 큰 힘이 되었을 것 같은데, 어떠셨는지 듣고 싶어요.

**나리** 낯설고 힘들었어요. 한국에서는 사람들이 독일과 다른 리듬으로 살아간다는 사실을 채 느끼기도 전에, 저 역시도 빠르게 뭔가를 증명해내야 하는 문화에 휩쓸렸달까요. 제가 힘들어하니까 니모도 말이 많아졌어요. 집에 가면 니모가 잔소리꾼처럼 누워라, 쉬어라, 노트북 내려놔라 하면서 저를 챙기기 시작했어요. 그래서 한국에 일하러 잠깐씩 들어왔을 때와는 다르게, 니모와 같이 오니 한국이 제 집이 된 것 같더라고요. 니모는 제 집이에요.

니모의 잔소리 이야기를 들으며 떠오른 생각인데요. 두 분이 니모를 돌보기도 하지만 어떤 순간에는 니모가 두 분을 돌보기도 하겠어요.

**니모** 니모는 어릴 때부터 제가 일을 하고 있으면 발로 노트북 전원을 꺼질 때까지 눌렀어요. 심지어 아이맥은 전원이 뒤쪽에 있잖아요. 그것도 눌러요. 그리고 그전에는 PC를 썼는데 그때도 불 나오는 전원 버튼을 누르더라고요. 그걸 누르면 PC가 꺼진다는 걸 어떻게 알았는지 모르겠어요. 모든 컴퓨터에서 전원 버튼을 찾아내요. 아마 제가 누르는 걸 본 거겠죠. 그래서 파일이 날아가고 난리가 나니까 그때는 니모가 설친다고 생각했어요. 자기를 안 봐준다고, 자기 배고프다고 말하려고. 당시에는 '니모가 자신의 욕구를 채우기 위해 내가 다른 일을 하는 걸 싫어한다'라는 가설을 세워놓고 니모를 대했어요.

사실 니모는 동물이잖아요. 인간이 아니고요. 가끔 '고양이가 많은 감정을 느낄 것이다'라고 나의 감정을 이입해서 생각하는 사람도 많이 있거든요. 저는 니모를 굉장히 동물로 대했어요. 얘가 나한테 잘해주는 것 같다는 건 나의 해석이며, 얘가 나를 돌본다는 느낌도 나의 해석이고, 내가 슬플 때 옆에 와서 앉아 있던 것도 나를 위로하려고 한 게 아니라 따뜻하니까 그런 것이다, 이렇게요. 반려인이 고양이에게 자신의 생각이나 마음을 주입하는 걸 경계했던 것 같아요.

그런데 얘가 나이가 들면서 자기주장이 강해지고, 루틴을 지키는 게 얼마나 중요한 존재인지 제가 알게 되면서 다르게 생각하게 되더라고요. 생활하다 보면 제 리듬이 깨질 때가 있잖아요. 그럴 때도 니모 루틴은 다 지켜준단 말이죠. 제가 일에 빠져서, 힘들거나 우울해서 생활이 무너질 때 니모가 걱정한다는 걸 알게 된 거예요. 아직도 잘 모르겠어요. 고양이라는 존재가 인간을 얼마만큼 걱정할 수 있는지. 그렇지만 얘는 분명히 제가 무리하는 걸 되게 싫어해요. 자기 편하자고, 자기 루틴을 지키고자 하는 것 이상으로 저희 둘을 돌봐요. 이런 모습이 있었나 싶을 만큼 니모는 저희가 잘 자고 잘 쉬는 것에 관심이 많아요.

　　니모와 두 분이 맺고 있는 관계는 각각 어떤가요? 비슷한지, 차이가 있는지 궁금해요.

**나리** 저는 이 질문에 대한 배우자 의견이 궁금해요.

**배우자** 언니가 니모를 대할 때와 제가 니모를 대할 때 다르게 느껴지는 게 뭘까, 생각해봤어요. 언니는 니모를 되게 확 안거든요. 거칠게 탁 안는데 니모도 그걸 굉장히 좋아해요. 저는 아직 그렇게는 못하고 부드럽게 안아주고 어루만져주죠. 니모는 언니가 자기를 확 끌어당기고 확 돌보는 데서 안정감을 느끼는 것 같아요. 아주 예전부터 그래왔으니까요. 잘 때도 항상 언니 다리 사이에 가서 자고요.

**나리** 저는 니모와 사는 내내 다리를 오므리고 잔 적이 거의 없어요. 니모는 압박을 좋아해요. 다리 사이에 니모가 자리를 잘 잡으면 제가 살짝 압박해주고, 그럼 그때부터 골골 소리가 나요.
　　니모는 이미 저희 집에서 많은 여자를 봐왔거든요. 그래서 얘(배우자)를 처음 집에 데려왔을 때는 '이번 여자는 만만하다' 약간 이런 느낌으로 막 대했어요.

니모가 자기한테는 마음 여는 데 시간이 오래 걸린 것 같아. 이건 내 추측인데, 네가 언제 떠날지 모르니까 일부러 마음을 안 준 걸 수도 있어.

**배우자** 제가 언니 집에 들어가서 살았을 때 아침 일찍 일어났거든요. 그때 밥을 주면 니모가 제 다리에 몸을 막 비비는 거예요. 그러다가 언니가 있을 때는 또 하루 종일 저를 모른 척하고. 시간이 지날수록 언니가 있어도 저한테도 애정 표현을 하더라고요. '이제 내가 편해졌구나' 싶었어요.

**나리** 니모한테 나는 디폴트고, 너를 되게 좋아하는 것 같아.

그전에도 고양이랑 같이 살아본 경험이 있나요?

**배우자** 없어요. 항상 고양이를 너무 좋아했기 때문에 니모를 처음 봤을 때도 너무 좋았어요. 그냥 너무 귀엽고 예쁜 생물체가 있다, 이런 느낌이었죠. 무조건 예뻐해줬어요.

**나리** 얘는 저희 집 앞에 사는 개도 무조건 예뻐하고, 기본적으로 사람이건 동물이건 다 사랑을 주고 예뻐하는 사람이에요. 오히려 니모가 얘한테 반응을 덜 했던 건 제가 앞에서 이야기한 이유가 아닐까 싶어요. 갈까 봐.

니모가 어릴 때 제가 외국 출장을 많이 다녔거든요. 처음에는 니모가 삐졌는데, 나중에는 받아들이더라고요. 학습이 된 거죠. 엄마는 돌아온다. 배우자에 대해서도 얘가 돌아온다는 걸 학습한 것 같아요. 그래서 안정감이 생긴 것 같고요.

어떻게 보면 두 분이 니모와 공유하는 약속이 생긴 거네요. 우리는 언제든, 어디서든 반드시 돌아온다는 약속이요. 니모와 공유하는 소통 방식도 있을까요?

**나리** 예전에는 니모가 뭘 요구하는지 몰랐어요. 니모가 온 집을 돌아다니면 "배고파?" "똥 마려워?"라고 궁금해했는데, 이제는 그때그때 니모가 뭘 요구하는지 알아들을 수 있죠. 니모가 원하는 건 쓰다듬어주는 것일 때도 있고, 다른 것일 때도 있고요. 어릴 때는 니모도 인간이랑 소통이 잘 안 되니까 그냥 사고 치는 걸로 의사 표현을 하려고 했다면, 지금은 그렇지 않아요.
저번에 네가 우리 둘 보고서 말 알아듣는 게 신기하다고 하지 않았어?

**배우자** 맞아. 언니가 피곤해서 누워 있는데 니모가 뭐라 뭐라 하는 걸 바로 알아듣더라고요.

**나리** "응, 화장실 치우라고? 그런데 지금 치우기 너무 힘들어" 그랬죠. 왜, 아기 엄마들도 주변 사람들은 아기 말을 전혀 못 알아듣는데 자기는 알아들을 수 있잖아요. 그런 거예요.

**배우자님은 니모와 어느 정도 의사소통이 되세요?**

**배우자** 이제는 조금 알 것 같아요. '앗, 지금 딱 느낌이 여기 앉아서 나를 예뻐해달라고 하는 거구나' 생각하면서 소파에 앉으면 니모가 진짜 바로 딱 오는 거예요. 처음에는 니모가 뭐라고 하는지 아예 감도 안 오고 언니가 니모랑 소통하는 걸 보면서 신기하다고만 여겼는데, 저도 점점 알아가고 있어요.

**나리** 니모는 배우자한테 원하는 게 8할 정도는 '몸을 내놔라'라는 거예요. 만져달라, 예뻐해달라는 거죠. 그리고 어느 순간 니모가 배우자를 소중하게 생각한다는 걸 느꼈는데, 처음에는 배우자가 어디를 가도 니모가 별로 신경 쓰지 않았거든요. 최근에는 네가 없으면 너를 찾아. 그런 지 몇 달 안 됐어요. 두 명이 자기를 돌보는 게 좋다는 걸 니모가 알아버렸어.

   **어릴 때의 니모와 현재의 니모가 어떻게 다른지 많이 얘기해주셨는데요, 성격이나 생활 습관 등의 부분에서도 차이가 보이나요?**

**나리** 어릴 때는 에너지가 넘쳐서 낚싯대 장난감으로 꽤 오래 놀아줘야 했어요. 그런데 어느 순간부터 니모가 몸을 많이 안 움직이더라고요. 처음에는 슬펐어요. 활발했던 애가 잘 안 움직이니까 '어디가 아픈가?' 걱정도 되고 그랬는데, 이제 니모가 몇 번 아프기도 했고 나이 든 존재는 원래 이렇다는 걸 받아들이기 시작했어요. 제 미래를 니모를 통해 보게 되는 것 같아요.

인간도 나이가 들면 자연스럽게 몸이 힘들어지고 덜 움직이게 되잖아요. 저만 해도 배우자를 처음 만난 4년 전과 비교하면 나이가 마흔에 이르면서 활동성이 떨어졌고요. 고양이는 사람보다 시간을 좀 빨리 사는 존재니까 나도 나이를 더 먹으면 언제든지 저렇게 아플 수 있다는 걸 이해하고 받아들이게 됐어요. 그러고 나니까 니모가 덜 움직이는 게 슬프지 않더라고요.

제가 좋아해서 자주 쓰는 표현이기도 한데, 자기 종의 평균보다 오래 생존한 존재가 가지는 어떤 특별함이 있거든요. 저는 이렇게 귀엽고 말도 잘 통하고 의사 표현이 분명한 존재와 같이 사는 게 굉장히 만족스러워요. 다시 아기 고양이를 키우는 게 가능할지 잘 모르겠다는 생각이 들 만큼요.

니모가 아팠던 이야기만 하면 노령묘와 함께하는 생활이 고통스러울 것 같은데, 사실 니모의 일상은 무척 평온해요. 자주 아파서 그렇지 나이 든 고양이는 현명하게, 고요한 일상을 잘 즐기며 살아가요. 최대한 힘을 아끼고 있다는 것도 느껴지고요. 니모가 아플 때는 인간이 할 수 있는 최선을 다하고, 평소에는 같이 평온하게 지내는 거죠.


**고양이가 나이를 먹으면 반려인의 입장에서 슬픈 마음이 들고, 예전처럼 활발하게 움직이지 못하는 걸 보는 게 아쉽고 짠하잖아요. 그런데 나리 님의 이야기를 들으니 어**

린 고양이와 반려인이 맺는 관계나 같이 보내는 시간의 즐거움이 있고, 노령묘와 반려인이 같이 보내는 시간만의 즐거움이 또 다르게 있겠다는 생각이 들어요.

**나리** 많은 사람이 고양이는 어릴 때나 나이가 들었을 때나 그대로라고 생각하는 것 같아요. 왜냐하면 정말 아기 때를 제외하면 거의 비슷한 크기나 겉모습으로 존재하잖아요. 인간처럼 노화가 크게 눈에 띄지 않고요. 또 인간은 키워서 떠나보내고 부모와 성인 대 성인으로 관계를 맺게 되지만, 니모 같은 고양이는 평생 아기로 살다가 가는 거죠. 그 사실 때문에 한 존재가 태어나서 어떤 생애 주기를 거친 다음 노화에 이르고 사망한다는 당연한 일을, 고양이에게는 잘 적용하지 않으려는 경향이 있는 것 같아요. 그러니까 귀엽다가 갑자기 확 죽는다는 거죠.

요즘 왜 '저속노화'라는 말이 유행이잖아요. 천천히 나이 들어간다는 뜻이죠. 인간이 노인이 되어서 건강하게 살다가 죽는다는 건 그냥 아무 일 없이 건강하다가 돌아가시는 게 아니거든요. 노인이 건강하다는 건 이런 거예요. 지팡이도 좀 짚고, 천천히 걸어야 하고, 많이 못 드시고, 이도 튼튼하지 않을 수 있고, 그 모든 것을 포함해서 건강한 거죠. "할머니가 잘 못 걷긴 하시는데, 정정하셔"라고 하는 정도의 수준을 보고 사람들이 슬퍼하지는 않거든요. 받아들이죠.

니모도 관절이 안 좋아요. 관절염 때문에 가끔 몸을 떨 만큼요. 어떨 때는 통증이 심해서 대변을 보다가 울기도 해요.

요즘에는 위가 약해져서 예전보다 토를 더 많이 하기도 하고요. 인간이라고 생각하면 니모의 지금 상황도 이상할 게 하나도 없고 너무 자연스러운 거예요. 안 늙고 있으면 오히려 무섭지 않을까요?

사실 니모가 예전처럼 가끔 뛰어다니거든요. 그럼 저는 무서워요. "니모, 진짜 관절 아껴야 해" 그래요. 할머니가 갑자기 뛰어다닌다고 생각해보세요. 무섭죠. 아무리 건강하셔도 그러다가 어디 뼈 한 곳이 부러지면 그대로 돌아가시는 거잖아요. 저도 니모를 그렇게 대하는 거예요.

'건강하게 늙는다'는 것에 관한 관점을 바꿔보게 되네요. 니모의 장수 비결은 뭐라고 생각하시나요?

**나리** 왜 오래 살았을까요? 그 생각을 별로 안 해봤어요. 일단 기본적으로 니모는 활달하고, 근육질이고, 체격 조건이 좋아요. 조금만 움직여도 근육이 잘 붙었어요. 타고난 신체 조건들이 아무래도 장수에 영향을 끼치긴 했겠죠. 니모는 태어났을 때도 다섯 형제 중 혼자만 다른 고양이들의 두 배 크기였대요.

여기에 또 다른 복합적인 요인들이 있을 거예요. 제가 생각하기로는 니모는 삶에 대한 의지가 그냥 강한 것 같아요. 저도 그 의지를 분명히 읽고 니모를 돌본 것일 수 있고요. 모든 인간이 오래 살길 원하지 않듯, 고양이도 오래 사는 걸 원하지 않을 수 있죠. 니모는 생존하고자 하는 의지를 발휘하거나 상황을 받아들이는 능력 같은 게 좀 좋은 고양이라고 느껴요. 그래서 위기의 순간마다 고비를 잘 넘길 수 있었던 것 같기도 해요.

그리고 또 좀 중요한 게 저희 둘의 의사소통이에요. 얘가 '나 아파, 나 병원 갈래' 이런 메시지를 저에게 줘요. 고양이를 키우다 보면 언제 병원에 데려가야 할지 애매할 때가 있거든요. 니모는 표현이 분명하고, 아프면 티도 많이 나는 편이에요. 다른 고양이들은 아파도 티가 잘 안 나서 질병이 상당히 진행된 다음에 병원에 가는 경우가 있다고 하는데, 니모는 너무 아픈 것 같아서 병원에 가면 그 정도는 아니라고 할 때도 있어요.

제가 이렇게 처음부터 끝까지 키워본 건 니모가 유일하거든요. 다른 고양이와 살아본 경험이 없어서 '이렇게 다르게 키웠더니 고양이가 장수했어요' 뭐 이런 건 몰라요. 제 느낌으로는 그냥 니모가 앞서 말한 것처럼 그런 고양이인 것 같아요.

10세에서 12세 사이의 고양이를 키우는 사람들, 그분들이 고양이의 죽음에 대해 가장 걱정을 많이 하고 고통스러워하지 않나 싶어요. 요즘에는 20세가 넘어가는 고양이들도 많으니까 그때까지 키워내지 못하면 자기가 잘못한 거라고 생각하기도 하고요. 근데 사람도요, 누군가는 평생 안 좋은 음식만 드셔도 90세 넘게 사는 분들도 있고, 누군가는 건강을 챙기면서 사셨는데 병에 걸려서 60대에 돌아가시기도 하잖아요.

돌보는 사람이 고양이의 수명에 당연히 영향을 미치기는 하나, 그것만이 결정적인 요인은 아니고 어느 정도는 고양이가 타고나는 생 같은 게 중요하다고 저는 생각하는 편이에요. 돌봄을 잘해야 하는 것도 맞고 잘 돌보면 고양이가 오래 생존할 가능성은 높아지겠지만, 20세에 가깝도록 장수하는 건 자기가 타고난 게 있으니까 그런 것 같거든요.

니모가 몇 살인지 이야기하면 잘 키웠다는 칭찬을 진짜 많이 받아요. 뿌듯하기는 한데 사실 니모가 다 한 거죠. 니모가 자기가 그만큼 살기를 원했고, 저한테 요구했어요. 니모는 스스로 사냥하지 않는 존재예요. 그가 말을 해서 우리한테 밥을 얻어내는 방식으로 살아왔고, 아플 때 병원에 데려간 것도 니모가 요구해서 그랬던 거예요. 결국 그렇다면 고양이의 요구를 집사가 잘 들어주는 게 무엇보다 중요하겠고요.

니모의 삶을 바라봤을 때 제가 가장 많이 배우는 건, 얘는 다른 고양이를 자기랑 비교하지 않고 산다는 거예요. 니모는 같이 사는 고양이도 없죠, 바깥에 돌아다니는 고양이들을 보면서 자기 삶과 비교하지도 않아요. 상대적인 박탈감을 느끼지 않고 사는 존재를 바라볼 때 갖게 되는 어떤 감정이 있는 것 같아요. 인간은 할 수 없이 사회적인 존재니까 타인과 나를 비교하게 되는데, 니모를 보면서 '비교하지 않고 살면 저렇게 당당할 수 있구나' 하는 생각이 많이 들어요.

몇 달 뒤면 독일로 다시 이주하실 예정이죠. 2018년에 독일에서 한국으로 올 때보다 니모는 더 나이 많은 고양이가 되었는데, 장거리 비행을 앞두고 걱정되는 부분은 없으신가요?

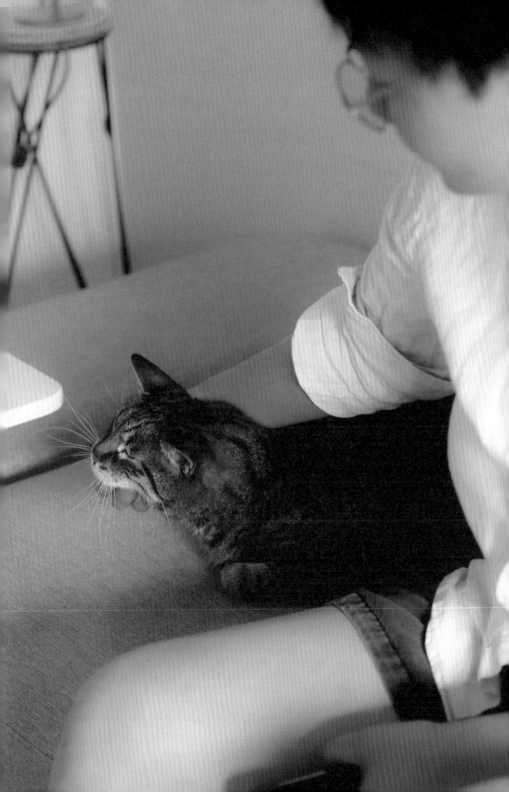

**나리** 오히려 지금은 예전보다 걱정이 덜 돼요. 니모는 베를린에서 바르샤바를 거쳐서 서울에 도착해 몇 년을 살았고, 제주에도 왔으니까요. 물론 니모와 함께하는 장거리 이동은 매번 조심스러워요. 정말 어쩔 수 없이 이동해야 할 때만 겪는 일이죠. 그런데 니모는 어느덧 이동의 경험이 많은 고양이가 됐거든요. 이제 꽤 의연해요. 베를린에서뿐만 아니라 서울에서도 여러 번 이사했고, 심지어 제주에서도 지금 집이 세 번째인데 가는 곳마다 잘 적응해줬어요.

다만 도착한 뒤에 적응을 잘하더라도 이동 그 자체는 고양이에게 고통일 수밖에 없을 거예요. 비행기에서는 니모를 발밑에 넣어둬야 하거든요. 아마 추울 거고, 시끄럽기도 하겠죠. 니모에게 담요를 덮어주고, 제 손을 느낄 수 있도록 니모를 가까이 만져주면서 가려고요.

베를린에 돌아가면 제가 예전에 살던 집에서 생활할 예정이라, 니모도 원래 살던 집으로 돌아가는 거예요.●

니모도 그 집을 기억할까요?

**나리** 니모는 10년 전에 만난 사람을 다시 만나도 기억하는 고양이예요.

● 2024년 9월, 니모는 의연하게 비행을 마치고 베를린으로 돌아가 가족들과 건강하게 지내고 있다.

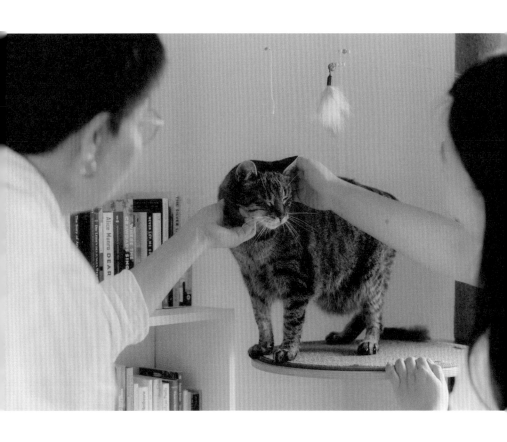

# 묘생과 함께 인생을 확장하는 법

# 15세

### 프란시스와

## 정소민

"제가 사놓은 잡곡들인데요, 조금씩 챙겨드릴게요. 가져가서 밥해드세요. 쌀에 섞어 먹으면 맛있거든요." 인터뷰가 끝나고 집으로 돌아가려는 나와 정멜멜 작가에게 정소민은 이렇게 말하며 잡곡을 한 봉지씩 챙겨주었다. 이 에피소드 하나로도 그가 어떤 사람인지 충분히 설명할 수 있다. 생활을 잘한다는 뜻에서 '생활의 달인'이 있다면 아마도 정소민 같은 사람일 것이다. 기획자로 일하는 정소민은 본업을 하고, 다양한 모임을 만들고, 절기마다 사람들을 집에 불러 모아 요리를 한다. 누군가를 사랑하는 마음과 에너지가 흘러넘치지 않으면 절대로 할 수 없을 일들을 그는 매번 척척 해낸다.

그런 그의 집에는 프란시스, 리베라시옹, 보부아르라는 세 고양이가 함께 살고 있다. 그 많은 일을 하는 와중에 고양이도 세 마리나 키우고, 심지어 그중 첫째 프란시스는 15세 노령묘라는 사실에 놀라지 않을 수 없었다. 정소민이 가진 엄청난 생활력의 스케일에 약간의 존경심과 경외감을 품은 채 인터뷰를 시작했다. 그리고 곧 알게 되었다. 그가 지금까지 단단하게 생활을 쌓아 올릴 수 있었던 건 어느 정도 세 고양이, 특히 그가 독립한 순간부터 함께 해온 프란시스 덕분이기도 하다는 것을. 이를 두고 정소민은 "고양이들 덕분에 돌봄의 능력이 확장됐다"라고 표현했다.

'프란시스'라는 이름이 엄청 우아해요.

그레타 거윅이 연출한 영화 〈프란시스 하〉●에서 따온 거예요. 영화를 보고 바로 고양이 이름을 지었다기보다는, 프란시스를 처음 만났을 때 그 생각이 떠오른 거죠. '우리 둘이 새 출발을 하는 거야'라는 느낌이었던 것 같아요.


저는 학자 이름에서 따온 줄 알았어요. 프랜시스 베이컨 이라거나……. (웃음) 인터뷰 전 메일에서 "저희 애들과 저 는 좀 쿨한 사이"라고 하셨어요. 구체적으로 어떤 관계인 지 궁금하더라고요.

고양이들이 저한테 쿨한지는 잘 모르겠어요. 그러니까 '서로' 인지는 모르겠고, 제가 고양이들에게 쿨하고 좀 무심한 편이에 요. 이렇게 이야기하면 어떤 분들은 저를 비난할까 봐 겁나기 도 하는데요, 저는 애들이 어딘가 불편해 보여도 바로 병원에 가기보다는 조금 지켜보다가 가요. 고양이들이 있는 집에 두면 안 된다는 식물이나 꽃 같은 것도 그다지 신경 쓰지 않고 두고 요. '몸에 안 좋은 거면 고양이들이 안 먹겠지'라는 믿음이 있어 요. 얘네가 그 정도 감각은 가지고 있지 않을까요. 고양이들이

● 〈프란시스 하〉는 주인공 프란시스가 가족과 친구로부터 독립해 나아가는 과정을 다룬 작품이다.

나이를 먹을수록 그렇게 믿게 돼요.

집에 고양이가 셋 있잖아요. 프란시스, 리베라시옹, 보부
아르. 이들 각자와 소민 님이 맺고 있는 관계는 다 다를
것 같은데요. 프란시스와 소민 님은 어떤가요?

프란시스는 매 순간 언니처럼 느껴져요. 어릴 때는 프란시스가
제 동생 같았지만요. 고양이들과 저는 엄마와 자식 관계라기보
다는 남매예요. 예전에는 프란시스한테 항상 "언니가 해줄게"
라고 말했죠. 이제는 "언니가~"라는 말을 못하겠어요. 오히려
집에 들어와서 프란시스에게 "다녀왔습니다" 이러죠. 인간 나
이로 치면 저보다 프란시스가 더 위니까요.

저희 집 고양이들도 이제는 제 나이를 앞섰는데, 여전히
저는 "언니가~" 이러거든요.(웃음) 아직도 제게는 고양이
들이 아기 같아서요. 소민 님은 어떨 때 '프란시스가 나보
다 나이를 더 먹었구나, 언니구나'라는 느낌을 받으세요?

일단 좀 영험하고요. 프란시스가 저를 봐주고 있다는 느낌을
많이 받아요. 감내해주고 있는 거죠. 제가 노래를 틀든 집에 사
람들을 많이 데리고 오든, 가끔 자기를 억지로 끌어안든 프란
시스는 싫다는 감정 표현을 거의 하지 않아요. 그러려니 하는
것 같아요. 그래서 그런 생각이 드나 봐요.

저도 장녀고, 프란시스도 이 집에서 장녀인데요. 제가 프란시스랑 있을 때 저희 엄마처럼 행동하는 경향이 있어요. 좀 푼수처럼 행동한다든지 하는 식으로요. 저희 엄마는 제 관심을 받고 싶어서 저한테 자주 장난을 치시거든요. 가끔 제가 프란시스한테 그럴 때가 있어요. 프란시스가 피곤하다는 걸 알면서도 관심받고 싶어서죠. 그럴 때 프란시스가 저를 감내해주면서 받아줘요.

그리고 프란시스의 얼굴을 보면 나이 든 게 느껴져요. 눈썹이 〈옛날 옛적에〉 배추도사 무도사 할아버지들처럼 길어졌고, 어릴 때에 비해 눈도 처진 것 같아요. 전반적으로 인상이 좀 인자해졌어요. 어릴 때와 비교하면 지금은 말도 많이 안 하고요. 원래는 수다쟁이였는데 지금은 딱 필요한 말만 하더라고요.

**프란시스를 처음 만났을 때는 몇 살이었나요?**

다섯 살 정도였어요. 그래서 더 어릴 때 프란시스가 어땠는지 너무 궁금해요. 아무리 봐도 프란시스는 아메리칸쇼트헤어 믹스인 것 같아서 인터넷에 '아메리칸쇼트헤어 키튼'이라고 검색해서 사진을 찾아본 적도 있어요. 프란시스를 입양했던 네이버 카페에서 원래 보호자께 어릴 때 사진이 있는지 쪽지를 보내보기도 했고요. 나이를 생각하면 프란시스는 저희 집에 올 때부터 이미 어른이었는데, 돌이켜보면 그때는 그래도 어렸구나 싶긴 해요.

**프란시스와의 첫 만남에 관해서도 듣고 싶어요.**

만화가 스노우캣 님 영향으로 독립해서 고양이를 키우는 게 저의 오랜 로망이었어요. 스노우캣 님이 당시 키우던 고양이가 실버 아메리칸쇼트헤어였거든요. 스노우캣 님의 그림과 고양이 사진을 보면서 '나도 어른이 되면 혼자 살면서 실버 아메리칸쇼트헤어를 키워야지'라고 생각하고는 했어요.

청소년 시기부터 본격적으로 고양이를 키우기 시작했는데, 그때는 개념이 별로 없었기 때문에 고양이들을 잘 보살피지 못했죠. 그러다 고등학교 3학년 때 고양이가 아픈지 모르고 방치하다가 죽은 걸 발견한 거예요. 학교에 다녀왔는데 고양이 한 마리가 없더라고요. 그때 너무 충격을 받아서 '앞으로 혼자 살 때까지 다시는 고양이를 키우지 않을 거야'라고 다짐했어요.

그러다 어른이 됐고, 계속 셰어하우스에 살다가 처음으로 옥탑방으로 이사를 하면서 나만의 공간을 갖게 됐어요. 그날 프란시스를 만났고요. 네이버 카페에서 어떤 분이 결혼을 이유로 고양이를 파양한다고 하시길래 걔를 데리고 온 거예요. 모든 게 운명처럼 느껴지더라고요. 갑작스럽게 이사를 했고, 혼자만의 공간이 생겼고, 고양이 입양 글을 보게 됐고, 걔가 꿈에 그리던 모습의 고양이였던 거죠. 이사한 날 짐들 사이에서 프란시스와 처음 인사했고 그날부터 우당탕탕 함께 살게 됐어요. 그게 2014년의 일이네요.

'고양이를 당분간 키우지 말아야겠다'라고 다짐한 시간이 꽤 길었잖아요. 프란시스를 데리고 올 때 '내가 얘랑 잘 살 수 있을까?'라는 걱정은 없으셨나요?

적은 금액이긴 해도 직접 돈을 벌었고, 고양이가 한 마리니까 어떻게든 해볼 수 있겠다는 생각이 들었어요. 고등학생 때는 입시 때문에 시간 여유도 없었지만, 프란시스를 데리고 올 때 는 그보다는 좀 더 여유가 있었고요.

　사람들이 고양이를 입양할 때 엄청 오래 고민하고, 또 요새 입양 문화가 진짜 끝까지 고민해보고 결정하라고 요구하는 식 이기도 하잖아요. 그 과정에서 많은 서약을 하기도 하고요. 분 명 필요한 일이긴 하지만, 어떤 사람들은 준비가 충분한데도 스스로 준비되지 않았다고 생각하기도 하는 것 같아요. 그런데 완벽한 상태의 만남이란 없는 것 같거든요. 뭔가가 부족할 때 만나서 서로로 인해 성장하고 채워지는 부분들이 있다고 봐요.

독립한 날 프란시스를 만났으니까, 내가 이미 살고 적응 한 공간에 고양이를 데려오는 것과는 느낌이 많이 달랐 을 것 같아요. 프란시스와 함께 이 공간을 만들어간다는 느낌도 드셨을 것 같고요.

프란시스한테 정말 미안했어요. 프란시스가 원룸의 수많은 짐 사이에서 자기 한 몸을 숨길 곳이 없어서 엄청 당황하더라고요. 고양이들이 낯선 공간에 가면 처음에는 약간 패닉이 되잖아요. 혼자 있고 싶은데 원룸이고, 저는 계속 집을 정리해야 하고. 그러니까 프란시스가 저와 분리될 수가 없는 거죠. 큰 소리를 내면서 가구를 옮기는 과정에서 프란시스가 스트레스를 많이 받았을 것 같아요. 다행히 얼마 안 돼서 집에 적응하더라고요. 저도 집을 빨리 정리했고요. 일주일 정도 지났더니 프란시스와 제가 침대에 같이 누울 정도는 됐어요.

**1인 가구로 독립하는 과정에 프란시스가 함께 있어서 외로움이 덜하기도 했을까요?**

네, 그리고 한편으로는 돌이킬 수 없어진 것도 있었죠. 프란시스를 먹여 살려야 하니까 삶을 멈출 수 없었어요. 왜, 삶이 좀 단순해지고 할 일이 명확해지면 큰 고민 없이 그냥 하루하루에 집중할 수 있게 되잖아요. 만약 프란시스가 없었다면 그렇게 살기 어려웠을 것 같아요. 이사를 할까, 회사를 때려칠까 계속 다른 생각을 했겠죠.

**리베라시옹과 보부아르는 어떻게 만나셨나요?**

옥탑방에서 살 때, 퇴근하고 돌아오면 항상 프란시스의 목이 쉬어 있었어요. 혼자 지내는 걸 별로 좋아하지 않는 고양이였던 거예요.

그런데 옥탑방에서 고양이 여러 마리를 키울 수는 없으니까 결국 고양이를 키울 수 있는 셰어하우스로 들어갔어요. 그 집에 고양이가 세 마리 있었거든요. 그때 프란시스 목이 안 쉬더라고요. 그 집에서 구조한 새끼 고양이를 프란시스가 잘 돌보기도 했고요. 그때 저는 프란시스가 다른 고양이와 함께 지내는 게 더 낫겠다고 판단했어요.

그 뒤로 방이 세 개인, 아주 싼 집을 구해서 이사를 하게 됐어요. 얼마 안 돼서 리베라시옹을 데려왔죠. 프란시스는 다른 고양이가 필요하다고 제게 얘기한 적이 없는데, 제가 혼자 판단해서 다른 애를 데리고 온 셈이 된 거예요. 프란시스에게는 갑자기 육아가 시작됐죠. 2개월령이었던 리베라시옹을 프란시스가 거의 키웠어요. 젖이 안 나오는데도 젖을 물리고, 그루밍을 해주면서 끌어안고 살았어요. 아직도 리베라시옹은 프란시스를 엄마처럼 생각해요. 그루밍을 하다가 물고, 좋아서 물고, 꾹꾹이도 하고요.

보부아르는 마지막에 데려왔어요. 친구가 파양된 고양이를 입양했는데, 그 집에 원래 있던 고양이랑 합사가 어렵다고 하길래 제가 데려온 거예요. 그렇게 갑자기 세 고양이가 있는 집이 됐어요.

**역시 각자 다른 역사가 있군요. 세 고양이와 함께 지내는 동안 소민 님은 어떤 점이 가장 달라진 것 같으세요?**

돌봄의 능력이 달라졌다고 해야 할까요. 살림의 크기나 규모에 따라 필요한 능력치가 달라지잖아요. 같은 자취여도 원룸에 사는 것과 방 세 개짜리 집에 사는 것, 동거인이 없는 것과 있는 것, 반려동물을 키우는 것과 안 키우는 것에는 굉장히 큰 차이가 있다고 생각해요. 그런 면에서 능력이 엄청나게 확장된 게 느껴져요.

고양이 세 마리 키우고 식물 키우고 집에 다른 사람 있고, 이런 것들이 이제 저한테 크게 부담되지 않아요. 원룸에 살 때는 살림하느라 정말 허덕였거든요. 저 하나를 먹여 살리는 것도 어렵고 청소도 너무 힘들고요. 지금은 어떤 형태의 삶이라도 일상을 유지하는 게 점점 어렵지 않게 됐어요. 고양이들 덕분이죠. 사실 반려동물과 함께 살면서 집을 깔끔하게 유지한다는 게 쉽지 않은 일이잖아요. 그런 훈련을 계속 한 것 같아요.

**처음부터 모든 일을 척척 해내신 줄 알았어요. 혼란의 시간이 있었다는 게 상상이 안 돼요.**

'혼파망(혼돈, 파괴, 망각)'이었죠. 여전히 저쪽 방(가장 큰 방)은 출입 금지 구역이랍니다. 방 이름이 '혼파망'이에요.(웃음)

**고양이들에게 소민 님이 돌봄을 받는다고 느끼는 순간도 있나요?**

항상 돌봄을 받고 있죠. 우선 고양이들이 저와 함께 있어주는 자체가 돌봄인 것 같아요. 제가 조금만 자리를 비웠다가 집에 돌아오면, 고양이들이 반갑게 맞이해주죠. 다들 저한테 와서 달라붙으면서 저를 그리워했다는 사실을 느끼게 해줘요. 어떤 방식으로 내가 이 세상에 존재하는지를 생각하게 만드는 거예요. 관계랄지, 정서랄지 하는 면에서요.

이런 지점에서 엄마의 변화도 좀 재미있는데요, 저희 엄마가 원래 고양이를 되게 싫어하셨어요. 본가에서 고양이를 키울 때 애들이 어리니까 높은 곳에 올라가서 엄마의 비싼 물건을 다 떨어뜨리고 깨뜨렸거든요. 가족 모두 고양이의 습성을 잘 몰랐으니 그런 행동에 대비하지 못했고요. 그래서 엄마는 한동안 고양이는 극성스럽게 날아다니고 어디서 튀어나올지 모르는, 사람과 살기 어려운 존재라고 생각하셨는데 프란시스가 그런 엄마의 생각을 바꿔놓은 거예요.

**계기가 있었을까요?**

한번은 프란시스가 없어져서 제가 울면서 찾고 있는데, 엄마한 테 전화가 왔어요. 프란시스가 없어진 것 같다고 얘기하자 엄마도 갑자기 울먹이면서 "걔가 없어지면 어떡하니, 빨리 찾아 봐. 어디 있을 거야" 이러시더라고요. 다행히 프란시스는 집에 서 발견됐어요. 엄마가 다시 전화를 주셨길래 집 안에서 찾았다고 말했죠. 엄마도 약간 맥이 풀리면서 "다행이다, 내가 다 눈물이 나더라"라고 말씀하시는 거예요. "너 내가 없어져도 그렇게 울면서 찾아다닐 거야?"라고 저에게 핀잔을 주는 패턴으로 마무리되긴 했지만(웃음) 그때 엄마가 프란시스를 걱정하는 게 너무 감동이었어요.

또 최근에는 엄마가 독립출판을 목표로 글을 쓰고 계시는데, 거기 '딸의 독립'이라는 파트가 있거든요. 편집하려고 글을 받아서 읽었는데 거기 고양이 얘기가 있는 거예요. 자기의 빈자리를 프란시스가 채워준 것 같다는 얘기였죠. 프란시스가 저한테 소중한 존재라는 엄마의 생각을 글에 담아주셔서 감격이었어요.

저희 엄마도 지금 1인 가구거든요. 삶에 필요한 모든 것을 혼자 해내야 한다고 생각할 때, 그것에서 오는 어려움이나 누군가에게 기대고 싶은 마음 같은 것이 있을 거잖아요. 그게 프란시스에게 투영이 되나 봐요. '그런 걸 우리 딸한테 해줘서 고마워' 이렇게 되는 거죠. 엄마가 쓰신 글을 읽고 나니 저도 프란시스에게 느끼지 못했던 감정들이 막 올라오더라고요. 그랬네, 프란시스가 나한테 그런 존재였네, 싶었어요.


**그럼 어머님과 프란시스의 관계는 어때요?**


엄마가 프란시스를 예뻐하세요. 프란시스도 엄마가 오면 먼저 가서 비비고요. 그런 게 너무 신기해요. 고양이들이 아기를 잘 돌본다고 하잖아요. 어른도 잘 돌보는 것 같아요. 다른 사람이

온다고 해서 프란시스가 옆에 가서 앉거나, 딱 붙어 있지는 않거든요. 그런데 엄마가 저희 집에 누워 있으면 그 옆에 가서 눕기도 하고 좀 치근대는 편이에요. 엄마가 자기를 예뻐해주는 걸 아는 것 같아요.

저희 부모님 댁에 있던 첫째 고양이가 스무 살까지 살고 올해(2024년) 초에 무지개다리를 건넜거든요. 그런데 엄마가 고양이를 볼 때마다 본인을 많이 투영하시더라고요. 나이가 많아지면서 움직임이 불편해지고, 이빨이나 털 상태가 나빠지는 모습을 보면서요. 소민 님 어머님은 안 그러신가요?

그걸로 직접 대화를 나눠보진 않았는데, 투영하고 계실 수도 있어요. 언젠가 제가 "엄마, 프란시스가 이제 엄마랑 동갑이야"라고 얘기한 적이 있거든요. 그때 엄마가 "잘해드려. 공손히 모셔"라고 하셨어요. 아마 당신한테도 그렇게 잘하라는 말을 하고 싶으셨던 것 같아요.

어머님과 연배가 비슷해질 정도로 프란시스가 나이를 먹었잖아요. 그간 크게 아프거나 다친 적은 없었는지 궁금해요. 특히 프란시스가 모든 상황을 잘 감내하고 매번 요구 사항을 말하는 편이 아니다 보니, 어딘가 아프거나 불편해도 티를 안 낼까 봐 걱정되실 것 같거든요.

아프거나 다친 적은 아직 없어요. 건강검진을 받아도 크게 이상 수치가 발견되지 않아서 다행이고요. 요즘 기관지가 약해졌는지 약간 쌕쌕거릴 때가 있어서 곧 병원에 가봐야겠다고 생각하고 있어요.

말씀처럼 프란시스가 아픈 걸 드러내면서 앓지는 않을 것 같아서 걱정돼요. 그래서 아픈 데는 하나도 없지만 세 고양이 중 병원비는 가장 많이 들었어요. 건강검진을 많이 받았거든요. 티를 잘 안 내니까 오히려 더 열심히 살펴보게 되더라고요. 예전에 고양이용 애플워치 같은 게 펀딩 플랫폼에 올라온 적이 있는데, 소리나 위치가 감지되면 좋겠다고 생각했어요. 누가 어디에 토했는지 확인할 수 있으면 좋을 텐데 거기까지는 발달이 안 됐더라고요. 왜 못 만드나 몰라.(웃음)

그래서 물, 밥, 모질의 변화를 열심히 관찰하는 게 먼저인 것 같아요. 티를 안 내서 걱정은 되지만, 프란시스는 물도 잘 먹고 밥도 잘 먹고 무엇보다 모질이 진짜 좋아요. 그루밍도 열심히 하고요.

**관절은 어떤가요? 보통 나이가 들면 관절이 안 좋아진다고 하잖아요.**

그러네요. 그러고 보니 프란시스가 점프할 때 나이 들었다는 걸 실감해요. 마음이 너무 아파요. 창가에 올라갈 때 중간 발판이 없으면 잘 못 올라가고, 한 번에 점프하는 걸 힘들어해요. 밟

고 올라가시라고 의자를 갖다 놓죠. "여기로 올라가세요" "이거 올려드릴게요" 하면서요.

**예전에는 캣타워에도 올라가고 옷장 위에도 올라갔다면, 지금은 어느 정도 높이까지 올라갈 수 있는 것 같나요?**

지금은 침대를 밟고 창가까지 올라가는 건 해요. 창문에 캣타워가 설치되어 있는데 그걸 한 땀 한 땀 타고 옷장 위에 올라가기도 하고요. 옷장까지 한 방에 점프하는 경우는 거의 없고요. 높은 데서 내려올 때는 할머니처럼 소리를 내거나 망설이는 모습이 보여서, 제가 그냥 안아서 내려주고 있어요.

프란시스가 새 보는 걸 진짜 좋아하거든요. 집 앞에 새가 많이 놀러 와요. 다른 어떤 고양이들보다 새 앞에서 많이 흥분해요. 제가 체통을 잃는다고 표현할 정도로요. "체통을 잃고 그렇게 채터링을 하시면 안 되죠"라고 말해요. 특히 새들이 자기들끼리 싸울 때 프란시스는 굉장히 흥분해요. 주변 물건을 다 떨어뜨리면서 점프를 한 다음 창틀에 올라가죠.

**프란시스에 대해서 내가 아직도 모르는 게 있구나, 싶을 때도 있으신가요?**

프란시스가 없어진 줄 알았던 그날이 좀 충격이었어요. 침대가 집에 들어오는 날이었는데 프란시스가 어디로 가버렸는지 보

이질 않는 거예요. 고양이 탐정 아저씨께 연락을 드렸더니 아마 집에 있을 거라고 하시더라고요. '아닌데, 프란시스는 집에 있으면 내가 불렀을 때 나오는데' 생각했지만 결국 진짜 집에서 나왔거든요. 탐정 아저씨께서 늙은 암고양이들은 특히 성인 남성을 싫어해서 성인 남성이 집에 오면 숨는다고 알려주셨어요.

그 전까지 저는 단 한 번도 프란시스가 늙은 암고양이라고 생각해본 적이 없었어요. 그게 좀 충격이었죠. 프란시스가 내가 모르는 어떤 페이지를 넘어간 고양이로 느껴지더라고요. 그 사건이 프란시스를 어른으로 느끼게 된 계기였어요. '어느새 늙으셨군요, 그렇게 예민해지신 줄 몰랐어요' 싶었어요.

**앞으로 프란시스도 소민 님도 점점 나이가 많아질 거잖아요. 어떤 시간을 함께 보내고 싶으세요?**

저와 어떤 시간을 보내면 좋겠다, 이런 건 잘 모르겠어요. 특별히 어떤 시간이 필요할까, 지금처럼 보내면 되지 않나, 하는 생각이 들고요. 다만 앞으로도 창문을 가진 집에서 살 수 있으면 좋겠어요. 저는 이제 강화도로 귀촌할 예정인데요. 거기서는 프란시스가 조금 더 여유롭게 생을 누릴 수 있지 않을까 싶기도 해요.

**이때 프란시스가 인터뷰하는 자리로 다가왔고, 뒤이어 리베라시옹도 따라왔다.**

리베라시옹이 좀 너무하지 않나요?

프란시스가 이쪽으로 오니까 리베라시옹이 확 달려오더라고요. 프란시스는 떠나버렸네요.

그렇다니까요. 프란시스와 둘만의 시간을 보내려면 리베라시옹과의 분리가 필요해요. 리베라시옹이 너무 프란시스 껌딱지라서.

저 방에서 프란시스가 벅벅 소파를 긁는 소리가 나네요. 리베라시옹이 가니까 프란시스가 바로 자리를 뜨는군요. 너무 귀찮아한다는 걸 알겠어요.(웃음) 아무튼, 프란시스의 장수 비결은 뭐라고 생각하세요?

물을 많이 먹는 거요. 물이 정말 중요한 것 같아요. 그리고 제가 좀 느긋한 편이거든요. 그게 프란시스한테 안정감을 준다고 생각해요. 너무 걱정이 많은 것보다는 그냥 프란시스를 믿어주고, 프란시스의 감각과 자기돌봄 능력을 믿어주고, 프란시스의 마음에 귀 기울여주는 게 또 장수 비결이 아닐까 싶고요. 어쨌든 식물이든 동물이든 마음이 편해야 장수할 수 있는 것 같아요.
　저희 집에 있는 식물들도 다 7~8년 됐어요. 장수한 거죠. 얘네도 제가 적당히 무심해서 잘 크는 것 같아요. '서로에게 너무 관심 두지 말자' '서로에게 좀 거리를 두고 지켜봐주자'라는 이

집의 기조가 전반적으로 모두를 건강하게 만들지 않나 싶어요.

**돌이켜보면 프란시스와 삶의 많은 시간을 함께 보내셨잖아요. 많은 일을 겪었을 테고요. 함께한 시간 중에 뭐가 가장 기억에 남으세요?**

돌아보니 재미있는 기억이 하나 있어요. 좋은 병원에서 비싼 건강검진을 시켜주고 싶어서 집에서 먼 곳까지 차를 몰고 간 적이 있어요. 운전석 옆자리에 프란시스가 있는 케이지를 놓고 출발했는데, 프란시스가 너무 우는 거예요. 프란시스를 달래주려고 운전하면서 한 손으로 케이지 지퍼를 열어줬죠. 그런데 프란시스가 케이지 바깥으로 나오더라고요. 저는 운전을 하고 있는데, 프란시스가 운전석 앞 유리창에도 앉았다가 다시 핸들을 타고 내려와서 어깨를 밟고 제 머리 위에 앉았다가 막 차 안을 돌아다니기 시작했어요.

저는 초보 운전이고, 얘를 멈추지도 못하겠고, 차를 어떻게 세워야 할지도 모르겠는 상태로 병원까지 한참을 운전해서 갔어요. 병원에 도착해서 온몸이 땀으로 다 젖은 채 한참 동안 차에서 내리지 못했죠. 이제는 그런 일이 생겨도 그 정도로 당황하지 않을 것 같은데, 그때는 제가 당황하니까 프란시스가 더 날뛰었던 것 같기도 해요. 거의 코미디 영화에 나올 것 같은 장면이었죠. 머리에는 고양이가 앉아 있고, 뒤에서는 다른 차가 빵빵거리고, 백미러도 볼 수 없고. 지금도 프란시스와의 에피

소드라고 하면 그게 가장 먼저 떠올라요.

그리고 창문이 제대로 안 닫히는 단층집에 살 때는 프란시스
가 집을 나가는 바람에 한참을 찾아 헤매다가 다른 집 옥탑에
서 발견한 적도 있고요.

**많은 사건 사고를 겪으셨군요.**

프란시스를 데리고 방 세 개짜리 집에 정착하기 전까지 1~2년
은 우여곡절이 많았어요. 이후로는 프란시스와 저의 생활도,
삶도 정착됐어요.

**그런 시간을 거치면서 생긴 프란시스와 소민 님, 둘만의**
**약속도 있을까요?**

프란시스가 제 머리 옆에서 자요. 베개를 베고요. 그 자리에 리
베라시옹이나 보부아르가 온 적은 한 번도 없어요. 프란시스가
정하고 저희가 따르는 거죠. '베개는 프란시스의 자리야' 같은
거예요.

# 닳아지지 않는 사랑

20세

송언니와

신혜원

신혜원(훅끼)과 나는 오래전에 한 번 만난 적이 있다. 그가 하수구에 빠진 아기 고양이 한 마리를 구조했다고, 입양 보낼 곳을 찾는다는 글을 SNS에 올렸고, 그 고양이가 순대를 몰래 훔쳐 먹다 걸린 사진을 보고 한눈에 반한 나는 신혜원에게 고양이를 데려가고 싶다고 연락했다. 2013년 겨울, 크리스마스가 다가올 무렵 만난 그 아기 고양이는 우리 집으로 와서 '보통이'라는 이름을 얻었고 건강하게 지내며 올해로 열한 살 노령묘가 되었다. 그동안 신혜원과 따로 연락을 주고받지는 않았지만 SNS를 통해 그가 어떻게 지내는지는 짐작할 수 있었는데, 여전히 그는 많은 고양이를 구조하고 돌보며 살아가고 있었다. 물론, 많은 고양이를 만난다는 건 그만큼 많은 고양이와 이별하게 된다는 뜻이기도 해서 그의 삶에는 헤어짐도 잦아 보였다.

그래서 이 책을 준비하며 신혜원을 가장 먼저 떠올릴 수밖에 없었다. 어떻게 수많은 고양이를 구조하는지, 그와 함께 사는 고양이들은 대부분 어떻게 그렇게 장수할 수 있는지, 많은 고양이를 돌보며 지내는 일상이 힘에 부치지는 않는지, 반복되는 고양이들과의 이별을 어떻게 감당하는지, 무엇보다 이별 뒤에도 어떻게 새로운 고양이들을 만나고 마음을 쏟을 수 있는지. 묻고 싶은 게 너무 많았다.

그러니까 결국 이런 걸 묻고 싶었다. 캐스린 슐츠가 『상실과 발견』(반비, 2024)에서 쓴 문장이 담고 있는 것과 같은 질문을. "사랑이 우리에게 처음 제기하는 문제는 어떻게 발견할 것인가이다. 한데 사랑이 꾸준히 제기하는 문제는, 삶이 꾸준히 제기하는 문제이기도 한데, 우리가 결국 그것을 잃는다는 사실을 어떻게 다루며 살 것인가이다."

2013년 겨울에 뵙고 정말 오랜만에 다시 뵈어요. 어떻게 지내셨어요?

쭉 똑같아요. 제 작업을 하고, 동료들이랑 고양이 구조하고. 2013년부터 지금까지 저희 집에 오간 고양이들이 되게 많았어요. 어떻게 보면 애들만 바뀌고 저희는 그대로죠.

보통이가 완전 아기일 때 제가 데려왔는데, 이제 보통이도 11세 노령묘가 됐어요.

그땐 완전 아가였죠. 걔 털이 보송보송했잖아요. 그냥 털도 아니고 솜털. 그건 고양이가 아니었죠.(웃음)

내가 구조해서 입양 보낸 고양이가 노령묘가 돼서 잘 살고 있다는 소식을 들으면 기분이 어떠세요?

진짜 고마워요. 저는 사실 '얘가 되게 오래 살 거야'라는 생각까지 하고서 구조를 하는 건 아니거든요. 죽을 게 보이니까 그냥 둘 수가 없는 거지. 그렇다고 제가 모든 고양이를 살릴 수는 없으니 룰이 있어요. '작업실에 들어와서 밥 먹는 애들까지만 살린다.' 그렇게 구조를 하고 입양을 보내죠. 그중에는 '너무 아파서 쟤는 치료 못 하면 죽겠다' 싶은 애들도 있는데 진짜 입양 가기가 힘들거든요. 그런데 운 좋게 가서 스무 살까지 찍고 마지막 인사를 하고 세상을 떠나기도 해요. 그런 애들한테는 잘 버텨줘서 고맙다는 생각이 들어요. 아쉬운 게 하나도 없죠.

**저랑 인연이 있음에도 불구하고(웃음) 인터뷰 제안을 드렸을 때 고민을 많이 하셨어요.**

저 원래 인터뷰를 잘 안 하거든요. 예전에 작업실과 집이 한 공간에 있을 때는 작업실에서 인터뷰를 하다가, 이제는 작업실과 딱 분리된 집이라서 누가 오는 게 좀 그렇더라고요. 그런데 이번에는 제 생각도 그렇고 친구들도 그러고, 노묘 인터뷰집이라는 사실 때문에 인터뷰를 수락했어요. 같이 살다가 무지개다리를 건너보낸 애들이 있는데, 제가 사진 찍는 걸 워낙 싫어하다 보니 애들이랑 찍은 게 많이 없더라고요. 그게 후회됐어요. 이번이 기회다, 뭔가 터닝 포인트가 될지 모른다 싶었어요.

**지금 총 다섯 마리의 고양이들과 함께 살고 계시잖아요. 간단하게 소개해주실 수 있나요?**

저희 집에는 동글이, 빵실이, 분이, 송언니, 몽실감자야, 이렇게 다섯 고양이가 있어요. 우선 동글이랑 빵실이는 한배예요. 삼색 어미가 새끼를 다섯 마리 낳았는데, 세 마리는 다 입양을 가고 얘네 둘만 파양된 거예요. 입양 취소를 세 번 정도 당하다가 안 되겠다, 불안하다 싶어서 얘네를 저희 집에 눌러앉혔죠. 그

리고 삼색이는 분이예요.

제가 애들 나이를 진짜 안 세요. 막내 몽실감자야가 3세, 나머지는 한 15, 16세 정도 될 거예요. 저는 송언니가 스무 살인 것도 올해 봄에 알았어요. '18세인가?' 이러고 있었거든요. 송언니는 원래 세 남매 중 하나였어요.

**송언니의 다른 형제자매가 있었군요?**

네, 보일러실에서 셋을 같이 구조했어요. 그중 한 놈이 송강호 배우랑 너무 닮은 거예요. 그것도 영화 〈살인의 추억〉 시절의 송강호 배우를요. 그래서 걔를 '송강호 양'이라고 불렀죠. 지금도 제 친구들은 송강호 배우를 보면 기분이 좀 이상하대요. 그리고 오빠인 남자애가 송군, 마지막으로 얘는 송언니라고 지었어요. 원래는 다들 입양을 갈 줄 알고 정을 안 주려고 이름을 막 지은 건데 그렇게 20년을 부르고 있네요.

**함께 사는 고양이들이 몽실감자야를 빼고는 다 노령묘잖아요.**

저희 집에서는 장년층이라고 합니다.

**아, 죄송합니다. 다들 장년층이잖아요. 나이 많은 고양이들이 대부분이다 보니 손이 많이 갈 것 같아요. 하루에**

**보통 어떤 일들을 하세요?**

제가 몹시 산만하거든요. 아침마다 이렇게 할 일을 적어놔요. 그중 꼭 들어가는 건 아침에는 환기, 그리고 애들 밥그릇 씻어주기예요. 그릇은 맨날 씻어주고 사흘에 한 번씩은 삶아줘요. 나이가 들면 애들도 장이 약해지거든요. 사람도 그렇지만 습기가 많은 장마철이나 환절기에는 애들 면역력이 떨어져요. 그때 배앓이 같은 걸 좀 하죠. 사람으로 치면 설사를 많이 하는 거예요. 그럴 때 그릇을 잘 소독하면 괜찮다고 하더라고요. 효과가 있었어요.

저는 강아지, 고양이 키우는 친구들한테 꼭 다 이야기해요. 특히 여름, 아니 4월 말만 돼도 제 SNS에 쓰죠. 애들 그릇 삶으라고. 일하고 있는데 누가 지나가다 "허리 펴" 이러는 것처럼 "빨리 그릇 삶으세요"라고 사방팔방 다 뱉는 거예요. 저는 고온세척이 되는 식기세척기를 하나 샀는데 무척 편해요.

**고양이를 위해 식기세척기를 사신 거예요?**

네. 한 마리를 키우는 거라면 그릇을 씻고 삶는 것도 금방 하겠지만, 저희 집에 고양이들이 많을 때는 열여섯 마리까지 있었거든요. 보통 열 마리에서 열다섯 마리가 계속 왔다 갔다 해요. 식기세척기가 있는 게 확실히 편하더라고요.

- OATS FROM FINLAND
- VEGAN
- β-GLUCAN 700 mg

130 mL x 24개(4.56 L / 1,920 kcal)
오트 12.6%

24 PACKS

**이때 분이가 냉장고 옆 선반 위로 올라갔다.**

아, 너무 귀엽네요. 어떻게 올라간 거지? 저희를 피해서
간 건가요?

원래 분이는 저기 잘 있어요. 지금 분이는 사람을 피한 게 아니
라, 분이 서열이 저희 집 1위인데 동글이가 쟤를 너무 좋아하니
까 귀찮아서 살짝 피한 거예요. 아마 냉장고 위에 있다가 동글
이가 옆에서 치근대니까 한 칸 내려온 것 같아요.
　아까 하던 얘기를 이어서 하면, 그릇 삶아주는 건 너무 중요
하고요. 저는 무조건 제한 급식을 해요. 고양이들이 제가 보는
데서 밥을 먹는 게 너무 중요하거든요. 식습관을 확인해야 해
서요. 예를 들어 식탐이 있는 애가 식탐을 안 부리면 이상하잖
아요. 쟤는 분명히 자기 거 먹고 남의 것도 먹는 앤데 자기 걸
다 안 먹었다, 그래서 지켜봤는데 계속 잘 안 먹더라고요.
　자세히 보니까 홍채가 평소랑 약간 다르게 보여요. 수첩에다
뭐가 달라 보이는지 다 적고 병원에 갔어요. 병원을 네 군데 정
도 돌았는데 마지막 병원에서 수의사 선생님이 그러시더라고
요. 시신경 염증인 것 같다고. 다행히 약으로 치료되는 염증이
라 약을 먹였더니 나았어요.
　고양이들 전후가 어떻게 다른지 조금만 기민하게 관찰하면
얘가 지금 괜찮다, 아니다를 알 수 있어요. 그래서 고양이랑 사
는 분들이 애들 먹는 걸 옆에서 좀 보시면 좋겠어요. 어디가 불

편한지 알아채기 정말 좋아요. 먹고 싸는 걸 다 보면 너무 좋은데 싸는 건 100퍼센트 다 볼 수 없으니까.

**고양이들이 밥 먹는 걸 보려면 식사 시간과 나의 활동 시간을 잘 맞춰야겠어요.**

저는 제 일정에 맞춰서 밥을 줘요. "야, 너 나랑 사는데 내가 새벽에 나가야 하면 너도 새벽에 밥 먹어, 어쩔 수 없어. 먹고 자" 그러는 거죠. 이렇게 먹는 것 정도는 체크해야 병원에 가서 할 말이 생겨요. 모르면 필요 없는 진료를 받게 될 수도 있고, 꼭 필요한 게 있는데 그걸 못 하고 넘어갔다가 너무 속상한 일이 벌어질 수도 있고요.

**집에 작고 얇은 이불이 많이 널려 있는데, 고양이들이 쓰는 건가요?**

그렇죠. 지금은 보통 송언니가 써요. 환묘들이 쉬를 하는 경우가 늘어서 이불을 자주 빨아요. 저 이불이 얇고 조그매서 빨고 말리기가 편해요. 예전에는 "크고 예쁜 이불이 좋지" 이랬는데 지금은 1인용 이불이 가장 좋아요. 누가 "큰 이불을 이렇게 푹 덮으면 되게 아늑하지 않아요?"라고 하면 "아니, 1인용이 짱이야" 그래요. 겨울에는 저 얇은 이불을 두 개씩 덮으면 되고요.
　저희 집에 있던 노묘들이 세상을 떠날 때 저 이불을 포대기처럼 싸서 장례식장에 가요. 각자 쓰던 걸 사용하죠.

**매일 밥그릇도 삶아야 하고, 이불도 빨아야 하고. 해야 하는 일이 많은데 힘들지 않으세요?**

지금이 고양이들과 살면서 가장 안 힘든 시기예요. 왜냐하면 예전에는 아픈 애들이 있었거든요. 하루 두 번씩 피하수액을 놓던 애들도 있었고, 약을 먹어야 하는 애들도 있었어요. 그걸 다 해보고 나니 요즘은 '이렇게 할 게 없다니'라는 생각이 들어요. 친구들이 "너 지금 빨리 여행 가. 지금 아니면 못 간다" 그러더라고요. 그러니까 요즘에는 좀 편하긴 한데 늘 마음의 준비는 하고 있어요. 언제 어떤 처치를 또 하게 될지 모르니까요. 저희 집에는 수액 놓는 주사기, 가루약을 넣는 알약 캡슐, 필건 같은 것들이 다 있거든요.

어쨌든 고양이들을 세세하게 보살피기는 해도 제가 엄청나게 뭔가를 해주고 있는 것 같지는 않아요. 애들이 알아서 타고나는 거 아닐까 싶어요.

**그렇지 않아도 궁금했어요. 송언니를 비롯해서 혜원 님과 함께 사는 고양이들의 장수 비결은 뭘까요?**

방금 말씀드린 것처럼 장수는 좀 타고나는 것 같고요. 대신 그건 있어요. 저는 고양이 키우면서 환기를 엄청 많이 해요. 스물

세 살에 떠난 저희 집 최고령 고양이 '센'이 10대 후반쯤 됐을 때 아픈 병아리처럼 털이 막 빠진 적이 있어요. '아, 오래 살기는 힘들겠구나' 싶었는데 마침 큰 테라스가 있는 집 겸 사무실로 이사를 했거든요. 신기하게도 고양이가 솜털이 나기 시작하는 거예요. 진짜 깜짝 놀랐어요. 잘못 본 줄 알았어요. 살도 약간 찌더라고요. 사료도 안 바꿨고, 모래도 안 바꿨고, 아무것도 안 바꿨는데.

센이 하루에 두 번씩 테라스에 나가서 바람 쐬는 걸 좋아했어요. 그래서 환기다, 환기가 정말 중요하구나 깨닫고 나중에 빨리 돈을 모아서 엄청 좋은 공기청정기를 사야겠다 생각했죠. 이 집은 설치를 안 해놨는데, 이전 집까지만 해도 조명을 빼고 천장에 업소용 선풍기를 달았어요. 창문도 활짝 열고, 천장 선풍기도 확 돌리고. 환기가 중요하니까 맨날 했던 것 같아요.

**송언니도 어느새 20대가 됐잖아요. 요즘 건강 상태는 어떤가요?**

나이가 들면서 눈이 좀 안 좋아졌어요. 사람처럼 백내장 같은 게 온 건데 수술이 안 된다고 하더라고요. 마취하는 게 너무 위험해서 안 될 것 같다고 어딜 가도 수술을 안 해줘요. 지금은 집이 어두워서 잘 안 보이실 수도 있는데 좀 밝을 때 보면 송언니 눈에 셀로판지가 살짝 낀 것 같아요.

송언니가 눈이 안 좋으니까 누가 다가오면 그게 누군지를 유심히 보고 가늠하려고 하는 편이에요. 그때 놀라지 않도록 제가 계속 말을 걸면서 다가가죠. 저라는 걸 알아챌 수 있도록요. 그리고 송언니 옆에 있을 때는 제가 침대 바닥을 통통통 치기도 해요. '나 이쪽에 있다' 알려주려고요. 늘 그런 식으로 송언니가 소리를 먼저 듣고 안심할 수 있도록 행동하려고 해요. 갑자기 커다란 그림자가 탁 나타나면 놀랄 테니까.

송언니는, 눈 말고는 잇몸이 좀 안 좋아요. 제가 애들을 키우면서 못한 일 중에 하나가 양치거든요. 고양이들이 많은 건 크게 상관없는데, 제가 잘 몰랐어요. 양치가 그렇게까지 중요한지요. 그 사실을 알았을 때는 애들이 양치를 너무 싫어하게 됐더라고요. 조금 어린 애들은 시도라도 할 수 있는데 송언니처럼 나이가 많은 애들은 시도도 못 하고 있어요. 그게 가장 아쉬워요.

**SNS에 쓰신 송언니 이야기를 봤거든요. 예전에는 송언니가 '스텔스냥'이었다고 하더라고요. 조용히 숨어 지냈다는 뜻 같은데, 어땠나요?**

구조할 때부터 겁이 많았어요. 호기심이 되게 많은데 겁도 많은 애들 있잖아요. 그래서 사람이 앞에 서 있는 걸 무서워해요. 서서 다가가면 도망가니까 송언니한테는 늘 앉아서 조금씩 다가가야 했어요. 그런데 지금은 제가 누워 있으면 송언니가 옆으로 와요. 예전에는 자기를 돌봐주는 언니 오빠 고양이들이

있었잖아요. 그러니까 제가 필요하지 않았겠죠. 송언니가 볼 때 저는 그냥 '밥 주는 사람' 정도였고 자기가 불안할 때는 언니 오빠한테 기대면 됐는데, 걔네가 다 떠나고 나서는 저한테 오더라고요. 더 짠한 마음이 들어요.

예전에는 저한테 잘 다가오지 않는 고양이들을 보면서 '나한테 안 와도 돼, 나랑 같이 이사만 갈 수 있으면 돼'라는 생각이 있었는데 지금은 조금 바뀌었어요. 그렇게 살면 쟤네가 불편할 것 같아요. 내가 그동안 고양이들한테 곁을 안 줬나 싶기도 하고 그래요.

**행동 패턴이 많이 달라진 거네요.**

어리광을 부리더라고요. 애들이 노묘가 되면 어리광을 많이 부리거든요. '송언니도 그래서 그런 건가?' 싶기도 해요. 그래서 최대한 같이 시간을 많이 보내야지, 하고 있어요.

**아까 송언니한테 일부러 소리를 먼저 내면서 다가간다는 얘기도 해주셨는데, 혜원 님과 송언니가 공유하는 의사소통 방식 같은 것도 있을까요? 고양이들과 함께 오래 살면 그런 것들이 생기기도 하더라고요.**

저는 잘 모르겠어요. 고양이들이랑 사는 것도 그냥 식구들끼리 사는 것과 같다고 생각해서 특별히 송언니와 저 둘만의 소통 방식이 따로 있는지는 모르겠네요. 그냥 겁이 많은 애니까 최대한 겁을 덜 먹을 수 있게 내가 움직여야지, 이런 생각만 했던 것 같아요.

그리고 강아지도 그렇고 고양이도 그렇고, 같이 많이 자면 애들이 마음을 열잖아요. 최대한 옆에 누워 있어야겠다고 다짐했어요. 그래서 저는 침대가 있는 방에 가면 맨날 누워 있어요. 송언니가 제가 앉아 있는 것보다 누워 있는 걸 더 편안해하기도 하고요. 앉아 있으면 자꾸 보면서 뭔가를 계속 파악하려고 하거든요. 그게 너무 피곤할 것 같은 거예요. 제가 빨리 누워버리죠. 그러면 송언니도 몸이 딱딱했다가 긴장이 풀리는지 노곤해지는 느낌이에요. 그때 마사지를 해주면 처음에는 하지 말라고 했다가 되게 좋아해요. 멈추면 또 하라고 이렇게 쳐다보고 그러죠.

**고양이들과 같이 오래 살면서 혜원 님이 스스로 가장 많이 달라졌다고 느끼는 부분도 있으세요?**

너무 자아가 없을 때부터 애들이랑 살아서 제 자아를 모르겠어요. 그러니까 예전에 비해 뭐가 달라졌는지를 모르겠다는 거죠. 그런데 얘네 덕분에 좋은 사람들은 많이 만났다, 그건 있어요. 고양이 친구들, 동네 친구들, 강아지 친구들…… 제가 좋아하는 동네 카페에 가면 강아지들이 많이 와요. 거기서 제가 얼마나 인기가 많은데요. 고양이 냄새가 하도 많이 나니까 애들

이 궁금해하고 재밌어해요. 그럼 뿌듯하죠. 여기 사람들이 많
은데 나한테 오네?(웃음)

**고양이들을 구조하면서 만난 사람들도 많으시죠?**

맞아요. 고양이 덕분에 만난 친구들이 많아요. 같이 고양이들
을 구조한 지 15년 정도 된 것 같아요. 혼자였다면 이렇게 오랫
동안 구조 활동을 하지는 못했을 거예요. 구조해야 할 길고양
이가 있으면 같이 논의해요.
  앞서 말한 최고령 고양이 센이 종묘였는데요, 업자분이 이제
고양이 분양업을 안 한다고 걔를 산에다가 놔준다고 하는 거예
요. 우리가 보기에 그건 유기잖아요. 그래서 업자분께 5만 원을
드리고 센을 받아왔어요. 잘못 말하면 저희한테 고양이를 안
줄 것 같아서 약간 비위를 맞추면서 데려왔죠. 송언니가 센을
잘 따랐어요. 센은 인지 저하증도 안 오고 꼬장꼬장하게, 하고
싶은 거 다 하고 건강한 할아버지처럼 세상을 떠났어요.

**친구분들과 혜원 님의 관계는 고양이를 중심으로 한 일
종의 공동체 같기도 하네요.**

그 친구들 중에는 저처럼 고양이들의 생애 주기가 한 바퀴를
돈 집이 몇 있거든요. 둘을 키우다가 하나가 노묘가 돼서 떠났
어, 그럼 남은 고양이가 하나잖아요. '나중에 얘마저 없어지면

나는 너무 힘들 것 같아'라는 생각을 하다가, 마침 제가 구조한 애가 있으면 데리고 가는 거죠. 그런 애들은 아직 어리니까 손이 많이 가고요. 우리끼리 "지금 놀러 갔다 와. 내가 봐줄게" 하면서 서로 방문 탁묘를 해주기도 해요. 나중에 애들이 나이 들어서 약 먹여야 한다, 수액 놔야 한다, 이런 상태가 되면 절대로 놀러 갈 수가 없으니까. 회식도 못 할 정도니까요. 공동육아를 하듯이 지내는 것 같아요.

**고양이들을 구조하고, 또 입양을 보내실 때 기준이 있을까요?**

관리가 잘 되어 있거나 발육이 좋은 아이들은 안 데리고 와요. 어미 고양이가 있거나, 어미가 아니어도 주변에 어른 고양이들이 아기 고양이들을 돌아가면서 봐주는 경우도 있거든요.

　송언니도 그렇고, 저희 집에 하얀 애들이 많잖아요. 저희 어머니 댁이 바닷가에 있거든요. 동물들이 거기에 엄청 많이 버려져요. 휴가철이 아니어도 버려지는데, 휴가철에는 엄청나게 더 많아지죠. 그런데 하얀 애들이 유전적으로 아플 확률이 높대요. 병원에 갔더니 수의사 선생님이 그러시더라고요. 눈물도 진짜 많이 나고, 아파도 잘 낫지 않고. 그래서 입양을 갔다가도 파양당하는 거예요. 그런데 웃긴 건 제가 임시보호하다가 입양을 보내려고 할 때 하얀 애들한테는 연락이 가장 먼저 와요. 겉보기에 예쁘니까요.

그런데 보내준 신청서를 보면 말도 안 되게 자기 부모 돈 자랑만 하는 사람들도 있어요. 저는 당장 고양이를 병원에 잘 데리고 갈 수 있는가, 무슨 일이 생겼을 때 고양이한테 큰돈을 쓸 수 있는가, 이런 게 1순위거든요. 혹은 돈이 없더라도 고양이한테 시간과 정성을 다할 수 있는 사람인가도 중요하고요. 20대 초반인 친구들한테도 입양을 많이 보내봤는데, 이런 사람들은 솔직히 말해 지금 당장 돈이 없는 거지 자리를 잡으면 얼마든지 나아질 수 있다고 보는 거죠.

> 아까 무지개다리를 건넌 셈 얘기를 하셨잖아요. 그동안 많은 고양이를 구조하고, 또 키우고, 무지개다리를 건너 보내신 것으로 알고 있어요. 특히 21년, 22년에 많은 고양이와 이별하셨더라고요.

저 그때 흰머리 엄청 생겼잖아요. 깜짝 놀랐어요. 그리고 몰랐어요. 스트레스가 그렇게 심한지. 왜냐하면 너무 바빴으니까요. 본가에 갔는데 엄마가 너무 놀라는 거예요. 제 흰머리가 많아진 게 너무 속상한데, 저한테 직접 말하기도 뭐했다고 하시더라고요. 이제는 엄마한테 갈 때마다 새까맣게 염색해요.

> 이별이란 게 한 번 겪기에도 너무 힘든 일인데, 연속해서 고양이들을 보내셨으니까요. 정말 많이 힘드셨을 것 같아요.

그렇긴 한데요, 저는 애들이 길에서 죽는 게 더 싫어요. 보이잖아요. 그런 애들이 결국 어떻게 되는지. 그 마음이 더 컸던 것 같아요.

원래 이 질문을 드리고 싶었거든요. 계속 이별해야 하는 일이 생기는데, 그럼에도 계속 고양이들을 구조하는 힘을 어디서 얻는지. 방금 하신 말씀으로 대답이 되겠네요.

맞아요. 그거 같아요. 저는 사람들이 고양이들한테 못되게 구는 것도 많이 봤거든요. 예전에 친구랑 술을 마시다가 골목에서 어떤 아저씨가 어딘가에 뜨거운 물을 막 뿌리려고 하는 걸 봤어요. 옆에 계신 아주머니들은 "하지 마, 하지 마" 이러고. 촉이 딱 오는 거죠. 가봤더니 역시나 고양이가 있었어요. 고양이한테 뜨거운 물을 붓는 건 되게 못된 거잖아요. 그러면 안 되잖아요. 제가 아저씨한테 가시라고 하고서는 고양이를 데리고 왔어요. 4~5개월 돼 보이는 애였는데 못 먹어서 마른 느낌이더라고요. '애를 어떻게 해야 하나' 하고 있는데 마침 술집 옆 테이블 손님들이 수의사였던 거예요. 그분들이 그 자리에서 애를 구석구석 봐주셨어요. 이후에 걔는 좋은 분께 입양이 됐고요.

세상에 너무 못된 사람들이 많고, 그래서 길에 있는 고양이들이 어떻게 될지가 보이니까 구조를 안 할 수가 없어요. 그런데 와중에 저는 좋은 사람들도 많이 만났거든요. 구조한 애들이 입양을 다 잘 갔어요. 저는 '얘네가 좋은 사람을 만나게 하면 되겠다', 그냥 그 정도 마음으로 고양이들을 구조해요.

> 고양이들을 구조하고 같이 사는 동안에 혜원 님도 함께
> 나이 들어가고 있잖아요. '내가 몇 살까지 이렇게 고양이
> 들을 구조하고 보살필 수 있을까?' 하는 걱정은 안 드시
> 나요?

친구들이랑 그런 얘기를 진짜 많이 나눠요. 제가 20대일 때 만
나서 40대가 된 지금까지 같이 고양이들을 구조하고 있거든요.
임신묘를 구조해서 아기들이 태어나고, 그 아기들 중에는 입양
보낸 애들도 있고 저와 살게 된 애들도 있고요. 그런 애들이 나
이가 들어서 세상을 떠날 때까지의 과정을 몇 번 봤어요. 그 십
여 년의 시간 동안 애들이 그냥 살아 있기만 한 게 아니라 너무
많은 일이 벌어지고, 제가 그 일들을 같이 겪게 되더라고요.

그래서 저는 소액 적금을 진짜 많이 들어놔요. 다람쥐가 도
토리 모으듯이요. 왜냐하면 이 돈은 제가 잊고 있어야 하거든
요. 알고 있으면 까서 쓰기 때문에. 이 돈이 나무가 돼야 한단
말이에요. 물론 보통은 나무가 되기 전에 고양이들에게 쓰게
되지만요.

이 정도 되니까 친구들이랑 저도 "이제 더는 안 돼"라는 이
야기를 자주 해요. 재작년까지 고양이들을 많이 구조하고 입양
도 많이 보내고, 작년에는 확 줄여서 세 마리 하고, 올해는 아직
한 마리도 안 했어요. 예전에는 두 시간에 한 번씩 자다 일어나

서 새끼 고양이들한테 수유도 해주고 그랬는데 이제는 저도 나이가 있다 보니 잠을 못 자면 다리가 저리더라고요. 1년에 한두 마리 정도는 계속 살리려면 체력도 길러야겠다 싶어서 운동을 시작했어요.

효과가 있는 것 같으세요?

기분이 뿌듯한 거 빼고는 아직 잘 모르겠어요. 그래도 고양이들이랑 계속 살아야 하니까. 얘네를 돌보려면 체력이 돼야 하니까 운동을 꼭 해야 해요.

# 대답

# 장수 고양이를 만나고 알게 된 것들

## 황효진 × 정멜멜

**황효진(이하 황)** 『장수 고양이를 찾아서』는 처음에는 15세 이상의 장수 고양이와 반려인을 인터뷰하는 기획이었죠. 그랬다가 '11세 이상 고양이와 반려인'으로 인터뷰 대상을 변경했고요.

**정멜멜(이하 정)** 나이가 많은 고양이들만 찾아다니는 게 상황적으로 어려울 것 같다고 생각했어요. 15세를 넘긴 고양이들은 컨디션이 안 좋을 수도 있고, 그래서 저희가 그 집에 방문하는 게 그들에게 무리가 될 수도 있잖아요. 반려인분들도 조심스러울 수 있고요. 한편으로는 11세부터 20세 정도까지, 다양한 스펙트럼의 고양이들을 만나보는 게 더 풍부한 책을 만들 수 있지 않을까 싶기도 했어요. 섭외의 어려움을 고려하기는 했지만, 저 역시 17세 호진이라는 노령묘의 반려인으로서 여러 이야기를 듣고 싶은 마음이 컸던 것 같아요.

**황** 저도 비슷했어요. 그리고 이 책이 장수 고양이들의 인터뷰집이기는 하지만 '장수 고양이가 되려면 이렇게 관리해야 합니다'라는 정보를 드리려고 한 건 아니잖아요. 한 고양이가 나이 들어가는 과정을 사람이 어떻게 함께 경험하고 거기서 무엇을 배우는지, 어떤 생각을 하며 같이 어떤 시간을 만들려고 하는지 등이 중요하지 않을까 생각했거든요. 실제로 인터뷰를 해보니 연령대를 넓게 잡기를 잘한 것 같아요.

그런데 이런 점은 있었어요. 아프지 않거나 나이가 많지 않은 고양이들의 경우, 반려인들이 '내가 특별하게 고양이를 돌보는 건 아닌데 이게 이야깃거리가 될까?' '혹시 내가 다른 반려인들에 비해서 뭘 못하고 있는 건 아닐까?'라는 고민을 많이 하시더라고요. 저도 마찬가지거든요. 11세 보통이, 10세 보리와 함께 살고 있지만 둘 다 아프거나 나이가 아주 많은 건 아니라서 어떤 순간에는 그냥 공간을 같이 공유하는 존재로서 자연스럽게 함께 살아간다는 느낌을 받아요. '내가 만약 인터뷰이가 된다면 어떤 이야기를 할 수 있을까?' 싶기도 했어요.

**정** 요즘에는 워낙 반려동물 문화가 성장했잖아요. 사료부터 장난감까지, 시장도 엄청 커졌고요. 그러다 보니 '고양이를 이렇게 키우면 안 된다, 저렇게 키워야 한다' 같은 이야기도 나오는 것 같아요. 인터뷰에 응하신 분들이 '나는 나름대로 좋다는 걸 우리 고양이에게 해주고 있는데, 그게 잘못된 정보는 아닐까?'라고 생각하실 수도 있고, 여러모로 고민이 많으신 것 같더라고요. 그럼에도 불구하고 반려묘와 함께하는 시간을 글과 사진으로 남기고 싶다고 마음먹은 분들이 인터뷰에 참여해주셔서 무척 감사해요.

**황** 맞아요. 이 프로젝트가 반려묘와 반려인이 함께 생활하는 모습을 담는 거잖아요. 그러다 보니 사적인 공간인 집으로 찾아가야 했죠. 어떨 때는 이른 아침이나 주말에 시간을 내달라고 요청하기도 했고요. 어떻게 보면 사생활을 침해하는 방식으로 작업해야 했는데요, 섭외할 때 그 부분을 예상했지만 실제로 인터뷰를 가보니 인터뷰이분들과 고양이들이 예상보다 훨씬 더 신경을 많이 쓰시는 것 같았어요.

자기 공간과 시간을 내어준다는 게 진짜 보통 일이 아니구나 싶었죠. 저희야 "편하게 계셔도 됩니다"라고 쉽게 말했지만 인터뷰이분들은 며칠 전부터 집 청소까지 하셨더라고요.

**정** 저도 원래는 집에서 촬영을 한 적이 없거든요. 제안이 와도 거절했는데 올해는 좀 수락을 해봤어요. 많이 긴장되더라고요. 사적인 공간을 내보인다는 게 부끄럽기도 하고요. 인터뷰이분들이 저희에게 쉽지 않은 일을 해주셨구나 싶어요.

**황** 한편으로는, 제한된 시간 안에 인터뷰와 촬영을 모두 진행해야 하니 긴장감이 큰 프로젝트이기도 했어요. 특히 인터뷰하는 고양이들의 나이가 많은 데다가, 원래 많은 고양이가 낯선 사람에게 곁을 잘 내어주지 않는 편이기도 하잖아요. 짧은 시간 안에 그런 고양이들을 촬영해야 했는데, 멜멜 님의 일하는 방식이 무척 인상적이었어요. 절대 무리하게 촬영하지 않는 게 놀라웠죠. 어떤 면에서는 호진이의 반려인으로서 갖게 된 노하우나 배려심일 수도, 또 어떤 면에서는 프로페셔널 포토그래퍼의 자신감일 수도 있겠다고 짐작했어요.

**정** 자신감이라기보다는, 어느 정도 선에서 촬영을 끊는 것 자체가 업무의 영역이라고 생각해요. 시간을 끈다고 무조건 좋은 결과물이 나오는 건 아니라는 사실을 경험으로 알고 있어서 가능한 것 같아요. 그래서 주어진 시간 안에 최대한 집중해서 찍으려고 해요.

특히나 고양이 촬영은 욕심을 많이 내려놔요. 대충 찍고 만다는 게 아니라 시간 내에 신속하게, 내가 느끼기에 좋은 사진을 찍는 거죠. 내가 여기서 뭔가를 더 요구하는 게 불편함이 될 거라는 걸 항상 마음에 담고 촬영에 임하는 것 같아요.

그건 제가 고양이 반려인이라서 그렇기도 하지만, 다른 때도 마찬가지로 너무 'A컷'만을 위한 촬영을 하고 싶지는 않다는 게 기본 전제예요. 촬영 자체가 불쾌하거나 불편한 경험이 되면 안 되잖아요. 고양이는 스스로 자기 사진을 보면서 '음, 촬영은 힘들었지만 사진은 잘 나왔네' 이럴 수도 없고요.(웃음) 반려인분들과 고양이들이 같이 사진을 찍을 때도 '이런 포즈를 해주세요'라고 굳이 요구하지 않았어요. 사람한테도 마찬가지로 불편하게 촬영한 경험이 오래 남을 수 있거든요. 그런 부분은 항상 조심하려고 해요.

저도 묻고 싶은 게 있는데, 저희 공통점이 MBTI가 INFP라는 거잖아요. 그래서인지 현장에서 조용하고 차분한 팀이었던 것 같아요. 인터뷰할 때 텐션을 끌어올리는 분이 있고 차분한 분이 있는데, 효진 님은 후자고 저는 그런 분과 듀오로 다니는 게 이 프로젝트에 너무 어울린다고 생각하게 된 거예요. 고양이 반려인분들께 여쭤보면 열에 여덟아홉 명이 "고양이는 목소리가 큰 사람, 발소리가 큰 사람, 행동이 큰 사람을 싫어한다"라고 답하세요. 저희의 낮은 목소리나 조용한 톤, 차분한 태도 같은 것들이 이 프로젝트에 최적화된 것 같다고 느꼈어요. 효진 님도 이런 생각을 해보셨나요?

**황** 멜멜 님이 질문해주시니 '맞아, 그런 팀이었지' 싶네요. 저는 내향인이에요. 저 역시도 인터뷰이분들의 집에 처음 방문하는 거고, 그곳은 저에게 낯선 공간이잖아요. 게다가 낯선 사람들과 낯선 고양이들이 있고, 그런 와중에 시간 안에 인터뷰를 잘 해내야 한다는 생각이 있으니 행동이나 말투가 더 차분해진 것 같아요.

그래서 아쉬운 점이 하나 있어요. 사적으로 그 집들을 방문하고 고양이들을 만났다면, 그들에게 가까이 가서 더 자세히 보고 싶어 했을 것 같거든요. 하지만 프로젝트 중에는 그런 행동을 하지 않으려고 했어요. 고양이도 반려인도 원하는 바가 아닐 수 있으니까요. 촬영에 지장이 있을 수도 있고요. 고양이들을 더 예뻐할 수가 없다는 거, 그게 인터뷰하면서 너무 아쉬웠어요.

**정** 돌이켜보니 저도 좀 그랬던 것 같아요. 그러다가 고양이들이 어디론가 숨어버리면 사진을 못 찍으니까요. '귀여워!'라는 표현은 내적으로만 했죠. 그래도 저는 고양이들에게 가까이 가서 구석구석 귀여운 모습을 눈으로 보면서 카메라에 담을 수 있었는데, 효진 님은 인터뷰를 해야 하니 나중에 사진으로만 보셨겠다는 생각이 드네요.

**황** 사진을 보고서야 '이 고양이가 이런 표정을 가졌었구나' '이 고양이는 이렇게 행동하는 친구였구나' 하는 걸 알 수 있었죠.

그리고 저는 멜멜 님이 빠르게 포착하신 고양이들의 모습이

너무 좋았는데요. 인터뷰하다가 고양이들 관련 얘기가 나오거나 중간중간 고양이들한테 반응하는 부분을 책에도 그대로 살려놨잖아요. 예를 들면 신인아 님 인터뷰에서 마크니가 신발에 얼굴을 비비는 거, 정소민 님 인터뷰에서 리베라시옹과 프란시스가 저희한테 다가온 걸 글로만 읽으면 실감이 잘 안 날 수도 있는데 멜멜 님이 사진으로 다 포착하셨더라고요. 어떻게 이렇게 빨리 잘 찍으셨을까 싶었어요.

또 제가 정말 재미있다고 생각하는 컷이 있는데, 정슬기 님과의 인터뷰가 끝나고 거실에서 함께 이야기를 나누고 있는데 연궁이네가 방에만 숨어 있다가 밖으로 딱 나왔잖아요. 똑같이 생긴 애들 셋이, 엄청 귀여운 버전의 케르베로스 같은 모습으로…….(웃음) 그때 멜멜 님이 굉장히 빠르게 카메라를 들어서 바로 촬영하셨고 그 사진이 남았죠. 정말 신기했어요.

**정** 그 친구들이 겁에 질려서 저희를 잠깐 구경하러 나온 게 찍힌 거잖아요. 고양이들이 촬영에 잘 협조해주고, 관심받는 걸 좋아하는 것도 당연히 좋지만 저는 그렇게 그 친구들의 성격을 드러낼 수 있는 사진도 너무 재미있어요. 각자의 특성을 보여주는 사진들이 좋더라고요. 이건 완벽한 그림 같은 화보가 아니라, 그 친구들의 성격과 생활 패턴이 드러나야 하는 사진이니까요. 고양이들이 저희를 경계하는 와중에도 잠깐씩 가족들과 교감하는 장면 같은 것들을 그대로 담되 재미있게 담는 게 중요하다고 생각해서, 말씀하신 사진들은 저도 굉장히 마음에 드는 컷이에요.

촬영하는 동안 효진 님의 반응도 많이 관찰했어요. 특히 김명철 수의사님과 인터뷰할 때 고양이들 체중 관련 이야기에서 유난히 찔려 하시면서 고개를 계속 *끄덕*이시더라고요.(웃음) 인터뷰이분들의 이야기 중에 효진 님께 가장 와닿았던 얘기가 뭔지 궁금했어요. 역시 체중일까요?

**황** 네…… 확실히 고양이들의 체중 관리를 못해줬다는 게 가장 찔렸어요. 첫째 보통이는 평균 체중인데, 둘째 보리는 든든한 덩치를 갖고 있거든요. 먹는 걸 워낙 좋아하고, 또 배가 나와서 그루밍을 할 때 스스로 앞발을 써서 배를 끌어올리는 게 너무 귀여우니까 진지하게 체중을 관리해줘야겠다고 다짐하지 못했어요. 인터뷰하면서 과체중이 관절 문제로 이어질 수 있다는 사실을 알게 되어서 바로 다이어트 사료를 먹이기 시작했어요. 실제로 보리 몸무게가 많이 줄었어요. 원래 8.4킬로그램 정도 나갔는데 최근에 쟀더니 앞자리가 바뀌었더라고요.

또 하나는 신혜원 님이 고양이들 밥그릇 삶는 이야기를 해주셨잖아요. 저희 집 고양이들도 가끔 토를 하는데 그게 그릇 문제일 수도 있겠다는 생각이 들었어요. 예전보다 더 자주 뜨거운 물로 씻어주고 있어요.

**정** 혜원 님의 노하우가 정말 도움이 많이 됐어요. 저는 호진이, 효진 님은 보통이와 보리만 오래 키웠다면 혜원 님은 다양한 성격의 다양한 아이들을 구조하고 키우고 떠나보낸 경험을 갖고 계시잖아요. 그렇게 축적된 남다른 조언을 많이 해주셔서 참고가 많이 됐어요.

그 점에서, 인터뷰이를 섭외할 때 염두에 두었던 점이나 섭외를 마치고 나서 발견한 점이 있었는지 듣고 싶어요.

**황** 생활 형태, 가구 구성, 고양이들의 구성, 지역 등에서 최대한 다양성을 확보하고 싶었어요. 그래서 이성애 결혼을 하신 분, 1인 여성 가구, 퀴어 가족, 청소년이 있는 집 등을 섭외했고 결과적으로 좋은 선택이었던 것 같아요. 다만 개인적으로 아쉬운 건, 지역의 다양성이 부족했다는 점이에요. 제주도에 계셨던 김나리 님을 제외하면 모든 인터뷰이가 다 수도권에 계셨거든요. 지역별로 병원 인프라가 다르기도 해서 수도권에 계신 분들과는 또 다른 이야기를 들려주셨을 것 같은데, 한정된 시간에 섭외와 인터뷰를 해야 해서 지역적인 다양성을 담아내지 못한 게 아쉬워요.

**정** 서울에서도 병원 인프라의 차이가 꽤 크다고 느끼거든요. 24시간 병원이 필요할 때가 있는데 그런 병원들은 서울에도 고르게 분포되어 있지 않아요. 서울 외 지역으로 가면 24시 병원의 필요성이나 병원 찾기의 어려움 등에 관해 얘기해주실 분들이 계셨을 텐데 정말 아쉽네요.

**황** 멜멜 님도 17세 호진이와 같이 살다 보니, 인터뷰를 진행하는 동안 장수 고양이들의 비결을 찾고 싶어 하셨잖아요. 어떠세요, 찾으셨나요?

**정** 사실 인터뷰를 하면 할수록 장수 비결이라는 건 없다는 걸 느꼈어요. 그래서 반려인들이 너무 죄책감이나 불안감을 갖지 않으면 좋겠다는 얘기가 제 안에 남았거든요.

이제는 반려동물에 관한 정보를 예전보다는 더 쉽게 접할 수 있고, 그 정보를 더 깊게 파악하는 분들이 계시다 보니 '이렇게 안 해줄 거면 반려동물을 왜 키우느냐'라고 극단적으로 말하는 경우가 있는 것 같아요. 물론 기본적인 돌봄은 당연히 해야겠지만, 돌봄을 완벽하게 잘한다는 것과 반려동물이 행복한 삶을 보내는 것과는 별개라는 생각이 점점 더 들었어요. 완벽하게 챙겨주면 너무 좋겠지만 모든 사람이 그걸 다 해주면서 반려동물을 키울 수는 없고, 또 사람도 모든 게 갖춰진 환경에서 양육된 것은 아니잖아요. 고양이의 개성을 살려주고 고양이와 행복한 시간을 보내는 데 집중하는 것이 전제가 되었으면 좋겠다 싶어요. 저는 개인적으로 이렇게 생각하는데요, 모르겠어요. 사실 이런 얘기도 좀 조심스럽긴 해요.

**황** 이 책의 인터뷰이분들이 고양이와 관계 맺는 방식, 돌보는 방법 등을 다 다르게 하고 계시잖아요. 어떤 사람은 뭘 하는데 다른 사람은 그걸 안 한다고 해서 고양이를 방치하는 게 아니라, 자기 고양이는 자기가 잘 알고 거기에 맞춰서 돌보는 거죠. 돌봄에 관한 책을 읽어봐도 좋은 돌봄이라는 건 정해져 있는 게 아니라 돌봄을 제공받는 사람의 상태, 성격, 성향 이런 것들을 섬세하게 살피면서 조율하는 거라고 하더라고요.

고양이 돌봄도 마찬가지겠죠. 어쨌든 내 고양이가 편안하게 계속 현재를 살 수 있게 해주는 것, 그게 가장 좋은 것 같아요. 고양이들은 모두 다르니까 반려인들이 '내가 뭘 못해주고 있나?'라는 생각으로 자기를 과하게 괴롭히지 않으면 좋겠어요.

**정** 이 프로젝트를 수락하고 진행하는 과정에서, 특정한 얼굴들을 떠올리셨을 것 같기도 해요. 이 책을 특별히 추천하고 싶은 사람이 있으세요?

**황** 우선 노령묘와 함께 살고 있는 사람들, 고양이를 떠나보낸 경험이 있는 분들이 의미 있게 볼 책이면 좋겠다고 생각해요. 그리고 꼭 고양이뿐만 아니라 반려동물과 같이 살고 싶지만 헤어짐이 두려워서 시작하지 못하는 분들도요. 이 존재가 늙고 세상을 떠날 때까지의 과정을 감당할 수 있나, 그리고 반려동물이 무지개다리를 건넜을 때 그 감정을 내가 받아들일 수 있나, 이 고민을 하는 분들을 많이 봤거든요.

물론 반려동물의 나이 듦이나 마지막을 경험하는 건 쉽지 않죠. 힘들고, 어렵고, 슬픈 경험이고요. 하지만 함께 사는 동안 훨씬 더 많은 감정을 나눌 수 있으니까, 반려동물과 함께 살기를 망설이는 분들이 꼭 읽어주시면 좋겠어요. 멜멜 님은 어떠세요?

**정** 고양이를 키우는 분들은 다 한 번씩 읽고, 많은 것을 생각해보면 좋겠어요. 아무리 고양이가 건강하고, 아무리 그와 나 사이가 애틋하더라도 언젠가는 이별하게 되잖아요. 그런데 항상 이별을 생각하면서 사는 건 너무 힘드니까, 삶과 죽음은 매우 밀접함에도 사람들이 죽음을 잘 생각하지 않는 것처럼 고양이에게도 마찬가지 태도를 취하는 것 같아요.

당연히 두세 살짜리 고양이를 키우면서 매일매일 고양이와의 이별을 떠올리며 마음의 준비를 할 필요는 없지만, 고양이가 어느 정도의 생애 주기에 접어들었다면 다가올 마지막을 애써 부정하거나 너무 외면하지 않았으면 해요. 저는 그렇게 하려고 노력하고 있어요. 한번은 권이라는 고양이를 심장병으로 일곱 살에 떠나보내면서, 지금은 호진이를 오래 간병하면서요. 이런 복잡한 감정에 관한 얘기, 이별에 관한 얘기, 마지막을 준비하는 얘기 등을 다양하게 듣고 싶다고 생각해서 이 책이 더 필요하다고 느껴요.

효진 님도 이 프로젝트를 하면서 보통, 보리와의 작별을 조금은 생각해보셨을 것 같은데요. 어떠세요?

**황** 아직 작별까지는 잘 상상하지 못하는 것 같아요. 저희가 고양이를 간병하는 분들의 이야기를 많이 들었잖아요. 그런 경험을 구체적으로 알지 못했을 때는 막연한 두려움이 있었어요. 간병이 엄청 힘들다고 하고, 돈도 많이 든다고 하고……. '내가 우리 고양이들을 정말 사랑하지만, 이들이 아플 때 그 상황을 어떻게 감당하거나 버텨야 할까?'라는 불안이 있었어요.

그런데 실제로 간병을 경험하신 분들의 이야기를 들어보니, 어렵긴 하지만 절대 못할 만큼 너무너무 힘들고 고통스러운 과정은 아니라고 하셔서 저한테도 큰 용기가 됐어요.

나리 님이 그 말씀도 해주셨잖아요. 사람도 나이 들면 병을 앓고, 몸 여기저기가 불편해지는데 고양이도 마찬가지라고요. 나이 들어 건강하다는 건 아무 데도 안 아프거나 불편하지 않다는 뜻이 아니라고요.

저도 어디가 아파서 스스로 돌보면서 지내야 할 때가 있듯이, 고양이들도 나이가 들면 제가 주사를 놔주고 약을 먹이는 게 너무 자연스러운 일상이니까 그것에 너무 겁먹지 않아도 되겠다, 그 생각을 가장 많이 했어요.

**정** 저도 처음에는 되게 겁먹었어요. 호진이가 아플 때도 매일 수액을 놔야 한다는 게 정말 힘들었거든요. 사랑하는 고양이에게 내가 직접 주삿바늘을 찔러 넣어야 한다는 사실이 너무너무 공포스럽고 두렵게 다가왔어요. 초반에 수액을 놓을 때는 많이 울기도 했죠.

그런데 지금은 내가 영양제를 챙겨 먹듯이, 호진이한테 수액을 놓는 일도 일상으로 편입됐어요. 요즘은 동생이랑 "수액 놓을 시간이다" 자연스럽게 얘기하고, 호진이가 조금 불편해하는 날이면 "오늘은 수액을 조금만 놓고 내일 더 넣어보자"라는 식으로 대처하고 있어요. 실제로 저희도 인터뷰할 때 나리 님과 배우자분이 니모한테 수액 놓는 모습을 봤잖아요. 그 장면을 보면서 고양이에게 수액 놓는 일이 반려인들에게 두렵지 않게 다가갔으면 좋겠다 싶었는데, 효진 님도 그런 생각을 하셨다니 반가운 마음이 들어요.

물론, 모든 사람이 병에 맞서 긍정적인 마음을 가질 수 있는 건 아니니까 억지로 그럴 필요는 없겠죠. 다만 아프거나 더 적극적인 돌봄이 필요한 상태가 되는 것이 노화의 과정이라는 것, 그걸 자연스럽게 받아들이고 싶다고, 이 프로젝트를 하는 내내 생각했어요.

# 장수 고양이를 찾아서

ⓒ 황효진, 정멜멜

초판 1쇄 발행 2024년 11월 20일

| | | | | |
|---|---|---|---|---|
| 글 | 황효진 | | 펴낸이 | 김동연 |
| 사진 | 정멜멜 | | 펴낸곳 | 뉘앙스 |
| 편집 | 최연진 | | 전화 | 02-455-8442 |
| 디자인 | 퍼머넌트 잉크 | | 팩스 | 02-6280-8441 |
| 제작 | 크레인 | | 홈페이지 | franz.kr |
| | | | 인스타그램 | nuance.books |
| | | | 이메일 | hello@franz.kr |

ISBN 979-11-984917-7-0  03810

# NUANCE